Les enfants de Toulghar
Toulghar
Tome 1

Fabrice Jalwin

Les enfants de Toulghar

Tome 1

la malédiction

First Printing: 2015

ISBN : 978-2-312-01686-3

www.fabricejalwin.blogspot.fr

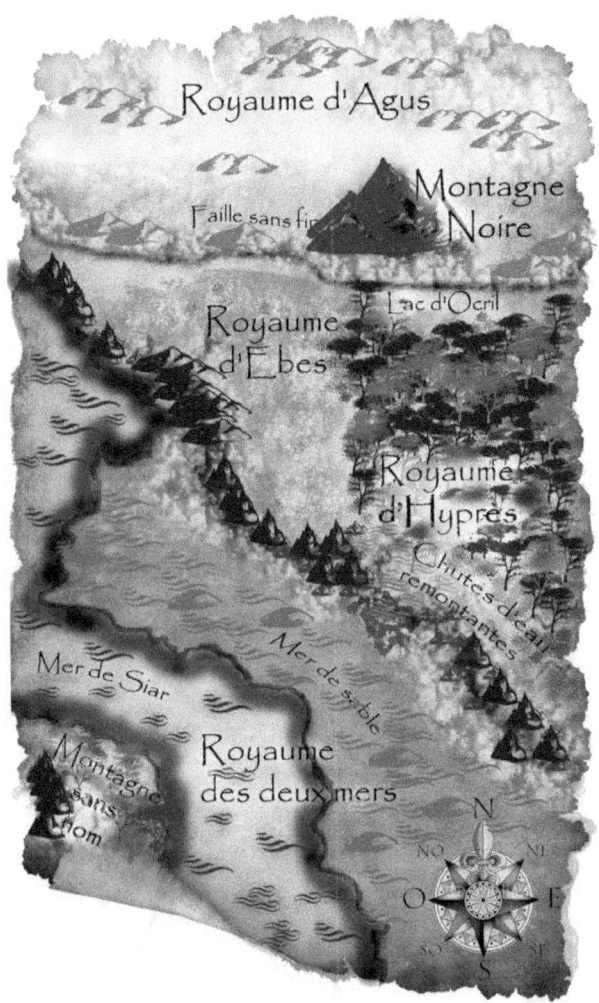

Prologue

Il y a bien longtemps, dans un monde de toute beauté, vivaient les créatures les plus extraordinaires qu'il puisse être possible d'imaginer. Divisés en plusieurs territoires, tous les êtres s'accordaient à vivre en harmonie. Toutefois, il subsistait parmi eux, des créatures plus fourbes et avides de conquêtes. L'une d'elles et sans doute la pire, se faisait appeler le mal, qui dans la langue de ce monde se disait « Feulkhan ». Exerçant une magie puissante, il devenait de plus en plus fort et avait trouvé un moyen de se faire une armée. Plusieurs peuples lui firent face et créèrent une arme pouvant le vaincre. Seule une âme pure venant d'un autre monde pouvait l'utiliser. Ils partir alors en quête de trouver leur sauveur et traversèrent notre monde. Au bout d'un long périple, l'objet magique se mit à briller de mille feux au contact d'une enfant d'à peine huit ans. Ils la ramenèrent chez eux et lui firent découvrir leur monde. Une guerre sanglante éclata contre Feulkhan et son armée. Affaiblis, il n'y avait plus d'issue pour ses disciples. L'enfant blessa le mal grièvement avec l'arme magique, le laissant à l'agonie. Le calme revint sur ce monde appelé Toulghar. Cette petite fille grandit et transmit son secret de génération en génération ainsi que l'arme servant de clé entre les deux mondes. Toulghar et ses créatures n'étaient qu'une légende, jusqu'à ce jour.

Chapitre 1

Hemligstad est un petit village à l'est de la Suède. La vie est tranquille, parfois trop d'ailleurs. Peuplée de deux mille habitants environ, sa principale activité est tournée vers la pêche. Les maisons qui ornent la côte sont typiques de la région et pratiquement toutes dirigées vers l'horizon comme pour guetter les marins qui rentrent au port. C'est un véritable festival ce retour de pêche, les bourriches pleines, les hommes épuisés, mais heureux de l'accueil qui leur est fait, débarquent au milieu des leurs dans un esprit de convivialité et de partage. Ceux qui ne pêchent pas sont là aussi pour prêter mains fortes. Du cordonnier au charpentier, ils viennent tous sur le port et ne rateraient pour rien au monde cet instant de partage et de retrouvailles. Quant à l'école, c'est le symbole du renouveau à Hemligstad. Une centaine d'enfants y étudie dans un vacarme étourdissant. Ce bruit qui ne saurait être supporté dans d'autres grandes villes est toléré de façon plutôt encourageante. Il faut dire que tout est sujet à s'amuser, et il serait inapproprié de mettre un terme à des comportements enfantins et insouciants, surtout dans un monde où tout va si mal.

Pourtant ce matin du 03 janvier 2015, la joie et les cris ne se font pas entendre. Il règne une atmosphère de terreur et d'incompréhension dans le village. Les bateaux sont à quai. Les habitants dans les rues, affolés et hurlant des dizaines de prénoms qui résonnent sur la vallée dominant la fjärd. Le maire est présent et s'apprête à prendre la parole. C'est un homme d'une quarantaine d'années, plutôt corpulent, mais apprécié de tous pour son dévouement et son humanisme. La foule se tait et laisse place à un silence mortuaire.

— Mes chers citoyens, ce matin à 08 h 30, nombreux d'entre vous pour ne pas dire tous, ont pu s'apercevoir de la disparition mystérieuse de leurs enfants.

Car bien plus étrange que l'ambiance austère qui règne à Hemligstad, le silence laissé par les enfants absents domine la situation. Il poursuit parmi des regards inquiets et larmoyants.

— J'ai averti directement les autorités du coin, ils devraient être là dans les heures qui suivent. Sans éléments concrets, je ne m'avancerais pas sur une quelconque origine de ces disparitions. Comme les premières minutes sont importantes dans une telle situation, à mon sens, je vous engage tous à vous mobiliser pour effectuer des recherches. Nous avons toujours réuni nos efforts, aujourd'hui il est plus que nécessaire d'accomplir cette tâche ensemble. Nous allons donc procéder à la sélection des différents groupes.

Les femmes laissent échapper leurs sanglots, les hommes ne voulant pas en faire autant par orgueil se ruent autour du maire en attendant ses directives. Les marins-pêcheurs iront chercher vers la crique et le port tandis que les habitants de la vallée s'occuperont des forêts et des sentiers. Les quelques employés communaux, quant à eux s'affaireront dans le centre du village ainsi que dans l'école et les locaux administratifs.

Les recherches sont laborieuses, des cris de peur se font entendre. Les voix des habitants hurlant les prénoms de leurs enfants résonnent, donnant à ce village autrefois si idyllique, une ambiance amère et ténébreuse.

Quelques minutes plus tard, les premiers véhicules de police arrivent sur les lieux, le chef du groupe s'entretient avec le maire. Immédiatement les moyens sont mis en place pour rechercher les enfants disparus. Dans les heures qui suivent, des hélicoptères se mêlent à cette immense battue. La nuit est bientôt là, le froid glacial tombe lui aussi progressivement, mais rien de cela n'arrête les habitants de Hemligstad.

Au petit matin, les recherches sont toujours infructueuses, les médias envahissent à leur tour ce village dans un brouhaha de véhicules suréquipés en moyen de télécommunication.

La vedette star du journal télévisé national, Agnès Bergmann est parmi les premières sur les lieux du drame. C'est une femme intelligente, plutôt jolie et d'un tempérament fougueux, ce qui lui a valu grâce à ces atouts et son obstination de progresser très rapidement dans le milieu du journalisme. Sans perdre un instant, elle se rue sur l'un des parents, Henrik Menkell, afin de lui poser les premières questions sur cette sombre affaire. Elle replace sa mèche tombante devant ses yeux, prête à faire son devoir, puis tend son micro et d'un signe de la main fait signe à son assistant-caméraman de tourner. L'objectif se tourne alors vers Henrik. C'est un père de famille modèle et très apprécié de la communauté qui derrière des traits plutôt sérieux et froids, cache un grand cœur. Il se trouve toujours dans les premiers quand il s'agit de faire la fête. Sa structure physique avantageuse lui à valu plusieurs fois l'honneur de rester debout lors de soirée bien arrosée. Pour l'instant c'est un homme anéanti qui se tient devant elle. Alors que rien ne paraissait pouvoir le détruire, la perte de sa fille Lisbeth lui ôte tout semblant de vie. La journaliste habituée à ce genre de désespoir lors de ses reportages, ralentis son élan et modère sa voix. Mais cet homme n'a rien à dire, pas plus que les autres habitants.

— Je suis allé voir Lisbeth pour la réveiller hier matin, mais elle n'était pas dans son lit, dit-il. Alors je suis descendu à la cuisine, mais elle n'était pas là non plus. Je me suis mis à la chercher pensant qu'il s'agissait d'un jeu pour retarder le départ à l'école, ce qui me semblait étrange, vu qu'elle n'est jamais en retard d'habitude. À part au début des vacances, mais il s'agissait d'une sortie avec ses amis. Oh, je regrette tellement d'avoir été si dur avec elle ces derniers jours. C'est une petite fille de douze ans très joyeuse et qui adore étudier et je …

À cet instant Henrik ne peut retenir les larmes qui ne demandaient qu'à couler depuis la veille. Sans finir sa phrase, il s'effondre dans les bras de sa femme Sanna qui en fait autant. La journaliste baisse son micro et met un terme à l'interview par respect devant tant de tristesse. Elle rend l'antenne, les autres journalistes ne pourront faire mieux. Le mystère reste entier, mais elle détient pourtant un gros titre, car la traduction de Hemligstad en suédois est la « ville du secret », drôle de coïncidence.

Les jours passent, et toujours pas de nouvelle des enfants. Cette tragique histoire retentie dans le monde entier, on ne parle plus que de çà dans les kiosques. Cette petite ville inconnue et mal située sur une carte ne fait parler que d'elle. Des messages de soutien affluent des quatre coins du globe, la mobilisation est générale tout comme l'indignation. Les plus gros moyens ont été déployés, les gouvernements se sont ralliés à cette cause. L'armée également, tente à son tour ce qu'elle peut. Plus les jours passent, plus l'espoir de les retrouver s'amenuise.

20 janvier 2015,

Les télévisions du monde entier sont tournées vers cette région. C'est un village voisin d'Hemligstad qui vient de subir le même cauchemar. Là encore, le même désarroi, aucune réponse, aucune trace, mais plus étrange encore le silence des autorités militaires, comme si elles venaient de découvrir quelque chose, mais étaient tenues au secret.

C'est le cas pourtant, au sein d'une base secrète, l'armée suédoise étudie en collaboration avec les gouvernements européens de nombreuses traces d'ADN inconnues trouvées sous les lits de chaque enfant disparu. Les nombreux chercheurs n'en sont qu'au stade de la découverte et semblent dépassés face à cette nouvelle énigme. Ils ne peuvent pas affirmer si cette substance noirâtre et visqueuse est d'origine organique ou minérale.

Chaque jour qui passe, c'est un village qui subit le même sort, puis le mal s'étend aux grandes villes, avec un peu plus de temps, mais le même résultat.

30 mars 2015,

Le phénomène nommé par les médias (la malédiction des enfants) s'est étendu aux pays voisins. Il semble prendre de la vitesse comme une épidémie qui ne toucherait que les enfants âgés de moins de quinze ans. Les seuls foyers qui ne sont pas touchés sont ceux dont un adulte veille au chevet d'un de ces enfants, mais tôt ou tard le mal vient les chercher, c'est inévitable.

Chapitre 2

15 jours avant la première disparition,

Ce matin du 20 décembre, le soleil se lève sur Hemligstad illuminant la vallée de ses rayons dorés. Le village se réveille doucement, les cris des enfants sont timides, car les vacances de Noël donnent du répit à tous les habitants. Henrik Menkell profite de ce calme pour dessoucher un reste d'arbre mort qu'il a abattu la veille. Il accroche la souche à son 4X4 au moyen de grosses chaînes. Puis il démarre et enclenche la première vitesse en douceur. Le véhicule malgré sa taille et sa puissance peine terriblement à l'extraire du sol. Les roues patinent, un nuage de fumée noir obscurci le terrain puis se propage vers la forêt. Soudain, un craquement puissant se fait entendre, faisant fuir des centaines d'oiseaux aux alentours. La terre se met à trembler, la souche est plus grosse qu'il ne l'avait imaginé, mais il en est venu à bout. Il ne reste plus qu'un trou béant de plus d'un mètre de profondeur. Tout ce vacarme a réveillé Lisbeth et sa mère Sanna qui a l'air plutôt en colère. Elle le fusille des yeux par la fenêtre et tourne ses talons en grognant. Lisbeth quant à elle, enfile ses bottes et son manteau pour rejoindre son père dans le jardin. Celui-ci tellement occupé à extraire l'objet dans tout ce vacarme, ne prête pas attention à sa fille qui découvre avec amusement ce cratère. Cela ferait un beau terrain de jeu se dit-elle. Elle s'y glisse prudemment, tout au fond, y distingue comme un bout de métal doré. Elle court alors dans le garage où son père remise ses outils de jardin, et fouille dans l'armoire. Elle y ramasse une petite pelle U.S, l'idéal pour creuser dans une telle cavité. Discrètement, elle retourne vers le trou sans attirer l'attention d'Henrik, car elle sait qu'il a horreur que l'on touche à ses outils. Les genoux dans la terre humide, Lisbeth creuse et découvre à chaque pelletée un bout de plus de ce qui semble être un coffret. Sanna les appelle par la fenêtre pour qu'ils viennent prendre le petit déjeuner, aussitôt elle enroule le coffret dans son écharpe et court se réfugier dans sa chambre. La décoration marquant son âge de douze ans est plutôt personnalisée, des affiches de star sur les murs mansardés, et quelques bibelots ornent les étagères en bois blanc, donnant à cette pièce une ambiance jeune et conviviale. Sous la fenêtre se trouve un bureau rangé avec une certaine minutie sur lequel est posé un ordinateur portable ; le voyant sur le côté indique qu'il est allumé en permanence. Le coffret à la main, elle se baisse vers son lit et le dépose en dessous, puis descend à la cuisine l'air de rien. Le repas est furtif, Lisbeth n'a qu'une idée en tête, remonter dans sa chambre et ouvrir le coffret. De toute façon, l'ambiance n'est pas vraiment à son comble ce matin, Henrik récolte les fruits de ce qu'il a semé.

Sanna l'assène de mots d'oiseaux lui rappelant qu'il n'était pas convenable de les réveiller, ainsi que tout le quartier, à des heures aussi matinales. Celui-ci essaye de se défendre, mais ses arguments sont bien maigres. Après avoir avalé quelques tranches de brioches, Lisbeth enjambe les marches quatre à quatre sous les yeux étonnés de ses parents qui n'en sont qu'à la moitié de leur repas. De retour dans son sanctuaire, elle tente d'ouvrir l'objet mystérieux. Tous les moyens sont bons, du coin de bureau en passant par le coupe-papier, rien n'y fait. Le coffret n'a même pas subi une rayure sur sa carapace polie. C'est alors que l'ordinateur se met à clignoter, Lisbeth semble avoir un message. Elle se précipite sur le bureau et ouvre le PC. C'est son amie Hanna Lagerlof, qui cherche à entrer en contact avec elle. Cette fille du même âge que Lisbeth partage les mêmes passions. Seul son look rétro la démarque de sa meilleure amie. Des vieux jeans déchirés et des bandanas dans les cheveux, elle est loin des magazines de mode féminins et ne cultive pas son image de marque pour plaire aux garçons. Ses tendances de ce côté-là sont plutôt dirigées vers la gente féminine, ce qui lui vaut quelques moqueries dans son école. Elle lui écrit de venir au plus vite afin de partager son secret, mais Hanna lui répond qu'elle a la garde de son petit frère, Nils, et qu'il serait un boulet. Peu importe, Lisbeth ne peut attendre une minute de plus. Elle le fera avec la présence d'un jeune enfant de six ans. Quelques instants plus tard, on frappe à la porte, Lisbeth entend la voix de sa mère accueillant Hanna et son petit frère. Elle se précipite immédiatement à la rambarde de l'escalier et fait signe à son amie de monter. À peine dans la chambre, Nils se met en quête de fouiller partout. C'est loin d'être un garçon timide et réservé. À l'école il collectionne plutôt punitions et écorchures que les bonnes notes. Mais les filles sont trop occupées pour le surveiller. Lisbeth sort de sous le lit l'objet de toutes les convoitises et le montre à Hanna sous ses yeux émerveillés.

— Tu as essayé de l'ouvrir, lui demande-t-elle ?

— J'ai utilisé différents objets que j'avais sous la main, mais sans résultat, j'ai remarqué sur la face avant comme une petite fente. Ce doit être sûrement la serrure. Ce qui est étrange c'est sa forme, je l'ai déjà vu quelque part, mais je ne sais plus où.

Comme l'a remarqué Lisbeth, le coffret ne peut s'ouvrir qu'avec une clé spéciale. On dirait une forme d'étoile creusée dans la serrure, avec deux « V » croisés au centre. Une fois de plus tous les moyens sont mis en œuvre pour l'ouvrir. Plus tard dans la matinée, les filles profitent de l'absence d'Henrik pour filer au garage prendre quelques outils. Tournevis, étau, pied de biche, perceuse, rien n'y fait, la boîte ne s'ouvre pas, elle reste aussi intacte qu'à sa découverte.

— On devrait demander de l'aide aux autres de la bande, dit Hanna.

— D'accord, mais quoi qu'il arrive, ce qu'il y a dedans m'appartient et doit rester secret.

Elles sont rejointes dans la journée par Peter et Sven Larsson, deux frères de treize et quinze ans, plutôt sportifs faisant fondre les cœurs de beaucoup d'adolescentes de leur âge, ainsi que Linn Edberg, une jolie fille de treize ans cachant sa beauté derrière des tenues gothiques et des maquillages obscurcissant son visage d'ange. Il ne faut pas se méprendre sur celle-ci, c'est l'une des meilleures élèves de l'école, son QI est supérieur à celui de beaucoup d'adultes. Elle fait la fierté de ses parents, fermant les yeux sur le reste. Entrant dans le garage, le groupe s'avance timidement.

— Alors, qu'est-ce qu'on fait ici, pourquoi on n'est pas à la cabane comme d'habitude, Demande Peter, l'ainé des deux frères Larsson ?

À chaque fois qu'ils se rencontrent, c'est dans une cabane de bois et de tôles récupérées qu'ils ont confectionnés dans la forêt il y a plusieurs années, lorsqu'ils étaient en primaire. C'est un lieu de refuge et de rendez-vous pour eux, qu'ils ont dû défendre des jeunes assaillants jaloux de leur bonheur. Beaucoup de ces turbulents enfants ont fini par se résoudre à en faire de même et l'on dénombre une dizaine de ces constructions archaïques dans la vallée.

Lisbeth répond d'un ton calme et déterminé.

— J'ai trouvé ce coffret sous une souche que mon père a déterré ce matin. Il est impossible de l'ouvrir et cette serrure ne ressemble à aucune autre. Pourtant je l'ai déjà vu.

— Passe-moi les outils, avec mon frère on va voir ce qu'on peut faire, répond Sven.

Lisbeth s'exécute, et observe les deux frères usant de toutes sortes de ruse et surtout de leurs muscles pour l'ouvrir, sans plus de succès. De son côté, Linn est allée chercher de la mie de pain, de la farine et un peu d'eau. Elle les moule entre ses doigts agiles et en fait une boulette malléable comme de la pâte à modeler. Exacerbée par la médiocrité des résultats de Peter et Sven, elle leur arrache le coffret des mains et y place la pâte malaxée. Elle appuie avec fermeté du bout de son pouce puis la ressort délicatement.

— C'est l'empreinte de la serrure, s'exclame-t-elle.

— Je sais ce que c'est maintenant, répond Lisbeth joyeusement.

Elle remonte dans sa chambre aussi vite qu'elle peut et se rue sur le tiroir de sa commode. Dans une boîte à bijoux, elle en sort un médaillon très ancien que lui avait légué sa grand-mère disparue cinq ans auparavant. Ce genre de bijoux n'étant pas vraiment dans l'air du temps, elle l'avait gardé précieusement dans cet endroit sachant qu'elle ne le mettrait jamais, mais qu'il était tout ce qu'il lui restait de sa grand-mère. Se remémorant les quelques souvenirs qu'il lui reste d'elle, Lisbeth verse une petite larme et serre le médaillon dans le creux de sa main. De retour au garage, elle le place sur la façade du coffret. Les regards autour d'elle sont inquiets et attentifs. Il règne une certaine appréhension, tous n'ont qu'une idée en tête, savoir ce qu'il contient. Le médaillon enclenché, un petit claquement se fait entendre identique à celui d'une serrure qui s'ouvre, mais la magie n'opère pas. Linn lui suggère alors de tourner celui-ci comme une clé. La main tremblante de Lisbeth s'exécute en tournant vers la droite.

Soudain, le coffre s'ouvre, un jet de lumière intense illumine tout le garage si bien que le groupe ne distingue plus rien. Puis la lumière se dissipe laissant place à une fumée bleuâtre s'échappant du couvercle. Continuant dans sa progression lente et incertaine, Lisbeth soulève délicatement le couvercle du coffret. Tous les yeux s'abaissent vers ce qui semble être un petit parchemin enroulé soigneusement. Elle le prend du bout des doigts, et ôte le ruban qui l'entoure. C'est alors qu'une dague d'un brillant magnifique et ornée de pierres rouges et bleues retombe dans le coffret. Linn la prend immédiatement et se met à la contempler pendant que Lisbeth lit à haute voix le contenu du parchemin. C'est un message qui lui est directement adressé, écrit par sa grand-mère qui lui a légué le médaillon.

Ma chère petite Lisbeth,

Si tu lis ces mots, c'est que je ne suis plus. Seul ce médaillon est ce qui te reste de moi. Je le tenais de ma grand-mère qui le tenait de la sienne et ce, depuis de nombreuses générations. Il renferme une dague cachée dans un coffret que j'ai dissimulé sous un jeune arbre. Le jour où tu liras ce message, l'arbre sera grand et toi aussi. Ce coffret est magique, tu t'en rendras compte, mais ce qu'il contient l'est bien plus encore. Afin d'être sûre que tu le trouves, je lèguerais ma maison où se trouve cet arbre à ta mère. Ainsi le secret sera entre de bonnes mains. Je lui ai raconté cette histoire quand elle était enfant, mais les années passantes, la magie n'est plus quelque chose auquel on croit facilement une fois adulte. Cette dague est une clé qui ouvre un passage vers un autre monde. Il s'appelle Toulghar, la plupart des habitants sont des créatures plutôt accueillantes, méfis-toi quand même de certaines d'entre elles qui peuvent parfois avoir des côtés fourbes. Néanmoins, si la raison et l'envie te disent de faire ce voyage, je dois te mettre en garde. Autrefois, régnait sur ce monde, celui qui se faisait appeler «le mal». Il était pire que tout ce que tu peux imaginer, son obsession était de dominer toutes les créatures de Toulghar. Un jour, les anciens confectionnèrent une dague permettant le passage vers un autre monde, ils y rencontrèrent nos aïeux et leurs demandèrent de l'aide. Le seul espoir qu'ils eurent venait d'une jeune fille appelée Lena, elle défia «le mal» et lui planta cette dague en plein cœur. Sans le tuer, elle venait de lui ôter sa force. Celui-ci s'exila, impuissant et couvert de honte. On raconte qu'il est réapparu des siècles plus tard dans quelques contrées. Il se serait reconstitué une armée de démons afin de prendre sa revanche. Son ambition est de prendre le contrôle d'enfants comme Lena. Ce sont des âmes pures et particulièrement faciles à contrôler. Il aurait appris la magie, transformant à son image certaines créatures jusqu'ici inoffensives. Des êtres démoniaques errent aux quatre coins de Toulghar, tu devras t'en méfier et les éviter. Afin que le mal ne reprenne son emprise sur ce monde merveilleux, nous, les gardiennes de la dague, nous nous la transmettons de génération en génération, ayant un œil sur Toulghar, prêtes à agir en cas d'attaque. C'est la raison pour laquelle, elle est cachée dans notre monde depuis des générations.

En te laissant cet objet magique, je te lègue ce qu'il y a de plus précieux à mes yeux ainsi qu'à ceux des créatures de Toulghar. Sois en digne et ne renonce jamais. La sagesse et l'obstination sont des forces innées dans notre famille, Lègue cette dague à ton tour quand le moment viendra.

Ta grand-mère qui t'aime.

En lisant cette lettre, Lisbeth sent sa gorge se serrer. Face à ses amis, elle voudrait être plus forte, mais elle ne peut retenir ses larmes. La tristesse s'empare de la pauvre enfant qui succombe en sanglot. Le chagrin de ne plus revoir sa grand-mère qui l'aimait tant, la bouleverse un instant. Ses amis se reculent par humilité et prennent un peu l'air en sortant du garage. Toutes ces nouvelles aussi inquiétantes qu'inattendues les ont tous plus ou moins secoués. Une dizaine de minutes plus tard, Lisbeth sort à son tour pour rejoindre ses amis. Son visage est blafard, la peur se lit comme à livre ouvert. S'avançant vers Peter, la dague à la main, elle lui dit:

— Nous devrions nous rendre à la cabane, là nous serons en sécurité. Aucun adulte ne pourra venir nous surveiller. Je dois savoir!...

Peter, observant la dague serrée fermement dans la main de son amie, tente de se rassurer.

— Tu ne crois quand même pas tout ce qui est écrit dans cette lettre! Ecoutes, je sais que tu dois être profondément affecté par la disparition de ta grand-mère, mais...

Stoppant son élan, il observe le visage pâle de Lisbeth. Visiblement ses mots ont l'air de la contrarier. Il ne veut pas la blesser plus et finit par acquiescer comme les autres.

— Nous irons demain matin, à la première heure à la cabane afin d'éclaircir cette affaire. Disons 08 h 00 précises.

Le groupe d'amis se sépare et cette journée agitée les marque jusque dans leur sommeil. Lisbeth quant à elle, après une lutte acharnée pour trouver le sien, semble faire des rêves plutôt agités. Une lueur sort brutalement de la fente du tiroir de sa table de chevet, où elle a rangé la dague. Continuant de remuer dans son lit, des gouttes de sueur coulent de son front, elle ne peut apercevoir les rubis ornant cette dague scintiller avec puissance, à l'intérieur du tiroir. Il semble qu'elle communique avec elle, comme une symbiose. Dans son rêve, Lisbeth se voit la dague à la main en train de dessiner un cercle sur le mur de sa chambre. Un passage se crée soudainement par lequel elle pénètre sans aucune appréhension. Elle se retrouve dans une grotte très sombre. Des bruits étranges et inquiétants se font entendre derrière elle, ce qui la pousse à avancer. En face une minuscule lueur illumine les parois humides et noirâtres. Au fur et à mesure qu'elle avance, celle-ci se fait de plus en plus grosse. Soudain, un flash l'aveugle quelques secondes, quand elle retrouve l'usage de la vue, la lueur a disparu, à la place se trouve immobile et face à elle, un être immonde et diabolique.

Sa forme rappelant quelque peu une appartenance au genre humain, se dissimule derrière une enveloppe noire et dégoulinante à l'aspect de pétrole. Ses membres sont démesurément longs et maigres, si bien qu'il ne parvient pas à se tenir droit. Tout comme ses doigts, aussi grands qu'un avant-bras d'adulte, sont recroquevillés ajoutant à son image une allure encore plus terrifiante. Quant à son visage, il est comme effacé. Ses yeux aussi noirs que sa peau, situés dans une orbite pendante, décrivent une tristesse et une profonde douleur. Sa bouche ouverte d'une vingtaine de centimètres se termine en pointe vers le menton. Les dents aiguisées jonchent l'intérieur comme la gueule d'un requin. La voix de Lisbeth se met à lui jouer des tours, elle ne peut plus prononcer un mot, tétanisée, elle reste figée face à la créature qui l'attrape par les cheveux avec une rare violence. Ce monstre la traîne sur le sol gluant de la grotte vers une sorte d'hôtel à sacrifice. Des milliers d'êtres comme lui font leur apparition dans les ténèbres. C'est comme si chaque fragment de cette roche se mettait à vivre. Ils sortent avec lourdeur de leur cavité, affluent de tous côtés, même du plafond. C'est toute la grotte qui se met à bouger dans ce spectacle d'horreur. En peu de temps, Lisbeth se rend compte qu'il n'y avait pas de grotte, chaque élément paraissant la constituer était en réalité une de ces bêtes. Le ciel chargé de nuages se dévoile peu à peu, la voilà au milieu des ténèbres dans un décor sombre et antique. Quelques anciens piliers autour d'elle sont les derniers vestiges d'un peuple autrefois civilisé. Attachée sur l'autel, elle contemple les montagnes noires à l'horizon, cherchant une échappatoire spirituelle, puis tourne sa tête vers ses agresseurs. Ses yeux sont alors figés de terreur. Un être encore plus immonde s'avance vers elle. Il mesure le triple de ce qui semble être ses disciples. À un détail près, sa carrure et sa posture en font un leader incontesté. Habillé d'une longue veste cousue de peau humaine et d'ossements autour du coup, il s'avance vers Lisbeth et place sa main brûlante sur sa bouche. Elle sent alors une matière entrée dans ses entrailles. La voilà qui brûle de douleur, ses bras se liquéfient, ses doigts s'allongent, sa peau prend cet aspect noirâtre. Comprenant qu'elle va finir comme les autres créatures, elle use de ses dernières forces. Elle pousse un cri qui se fait entendre dans toute la vallée, mais il se transforme rapidement en un hurlement terrifiant. Sa voix n'est plus celle d'une enfant, il ne reste plus que son regard angélique pris à son tour par cette emprise charnelle.

Henrik secoue violemment sa fille afin de la réveiller. Celle-ci sort de son cauchemar en tentant de hurler, mais ses cordes vocales sont toujours inactives. Le visage dégoulinant de sueur, elle se blottit dans les bras de son père qui la réconforte.

— Tu nous as fait peur, c'est la première fois que je te vois dans cet état. Tu veux me raconter?

— Non, ça va aller, je vais essayer de me rendormir, laisse quand même la lumière allumée en partant.

Henrik retourne se coucher laissant la lumière ainsi que la porte de chambre entrouverte.

Chapitre 3

Au petit matin, le soleil tente difficilement de faire son apparition entre les nuages bas qui dominent la fjärd. Le réveil de Lisbeth se met à sonner, elle qui dormait si paisiblement après une nuit plus qu'agitée, la voilà qui se lève péniblement. Elle ne prend pas le temps de se maquiller comme les autres jours, enfilant un vieux jean et un pull épais, elle court rejoindre ses camarades au rendez-vous.

Une fois sur place, elle retrouve Peter et Sven. Les autres arrivent à leur tour, traînant des pieds. Il faut dire qu'ils auraient préféré dormir pendant les vacances. Toutefois il manque le petit frère d'Hanna, celle-ci s'est arrangée pour le laisser chez elle cette fois. Sans plus attendre, Linn ouvre la porte de la cabane et entre à l'intérieur. C'est une construction rudimentaire, mais plutôt bien élaborée. Des planches récupérées ont permis de réaliser l'ossature, tandis que le toit est fait à partir de tôles assemblées. C'est l'une des plus grandes cabanes construites dans la vallée, une dizaine d'adultes peuvent y entrer sans se gêner. À la décoration pointue et habillée de frises sculptées dans le bois, on reconnait la touche féminine de celles qui ont monté les fenêtres. Seul le verre remplacé par une feuille de PVC opacifié par les intempéries rend l'aspect moins joli qu'à l'origine. Peter et son frère Sven se précipitent sur le mobilier et l'écartent près des murs pour faire un peu de place. Les chaises en pin massif et la table en fer forgé leurs ont été gracieusement données par leurs parents au fur et à mesure des années. Cependant, il fait toujours très sombre à l'intérieur. Heureusement ces cinq adolescents ne manquaient pas de génie lors de la conception de cette cabane. Un astucieux système électrique leur permet d'obtenir de la lumière et même d'écouter de la musique. En effet, dans un coffret est placée une batterie de voiture reliée à un transformateur. Celui-ci alimente une ampoule située au plafond ainsi qu'une prise murale. Seul le père de Linn électricien depuis plusieurs années, est venu s'assurer qu'il n'y avait aucun danger pendant les travaux. Hanna allume le plafonnier, aussitôt Lisbeth se place au milieu de la pièce. Elle sort de son manteau fourré la dague enveloppée dans un vieux bout de chiffon. Les autres observent avec la plus grande attention, formant un demi-cercle autour d'elle. Libérant délicatement la dague de son linge, elle la tient posée sur la paume de ses mains. Un des rubis se met alors à s'illuminer, le groupe d'adolescents n'en croit pas ses yeux. Très vite, c'est tous les rubis ornant ce précieux objet qui brillent de mille feux. Personne ne semble connaître la conduite à tenir face à tant de mystère, à l'exception de Lisbeth qui se rappelle son douloureux cauchemar. Elle hésite à reproduire le geste qui l'a plongé dans les ténèbres. Pourtant la lettre de sa grand-mère parlait d'un monde merveilleux, et si c'était ce qui les attendait de l'autre côté…

Linn lève les yeux vers son amie la voyant toujours hésitante, et la bouscule un peu.

— Je ne me suis quand même pas réveillée à cette heure pour voir un simple spectacle de couteau clignotant. Qu'est-ce qu'on fait maintenant?

Lisbeth prend alors la dague dans sa main droite et fait un pas vers le mur face à elle.

— Je sais ce que je dois faire avec cet objet, néanmoins je dois vous mettre en garde. À la moindre faille, faites demi-tour et courez aussi vite que vous pourrez. Je pense avoir vu ce qu'il y a derrière, dans mes rêves. Si tel est le cas, nous faisons une terrible erreur.

Les regards inquiets en disent long sur l'atmosphère qui règne dans la cabane. Puis les visages de chacun acquiescent dans un signe de cohésion face à l'inconnu. Peter et Hanna qui se trouvent face à Lisbeth s'écartent pour lui laisser l'accès au mur.

D'une main tremblante, elle pointe le bout de la lame sur le bois tendre et se met à dessiner un arc de cercle. Immédiatement celui-ci se dématérialise, la structure boisée du mur n'est plus qu'un reflet de son image dans une eau ondulée. La magie jusque-là ignorée de tous, vient de faire ses preuves dans un monde cartésien où tout a une signification.

La main gauche, elle aussi hésitante, pénètre lentement à travers le passage. Le bras s'enfonce jusqu'à l'épaule, une jambe suit, puis la tête, et enfin tout le corps de Lisbeth disparait dans l'inconnu. Linn et Hanna sont les suivantes. Elle s'avancent l'air craintif se tenant la main pour franchir la porte. Quant à Peter et Sven, ils n'en reviennent toujours pas. Eux qui prenaient cette histoire à la légère sont bien forcés d'admettre qu'un autre monde existe peut-être de l'autre côté. Sans perdre un instant, ils se collent aux filles qui les précèdent pour ne pas se retrouver seuls. Quelques secondes plus tard, le passage se referme doucement, de la même façon qu'il est apparu.

Ils pénètrent un à un, dans un environnement boisé et très vivant, rien à voir avec le cauchemar de Lisbeth. Celle-ci se retourne afin de s'assurer de la présence de chacun, profitant pour observer le passage par où ils sont venus. Il s'agit d'un énorme bloc de pierre recouvert de lianes au beau milieu de la forêt. Avant même de faire un pas, ils observent ce mystérieux endroit. Les arbres sont démesurément grands et couverts de fruits bleus sur leur tronc. Au pied de certains d'entre eux, des fougères ont l'air de danser à la mesure du vent, sauf que l'atmosphère est très calme. Ces plantes bougent délibérément d'elle-même. Les bruits d'animaux retentissants, rappellent ceux des rongeurs, mais de façon plus bruyante. Quant au sol, il est recouvert d'une mousse très épaisse d'où sortent ici et là quelques somptueux spécimens de fleurs dans une palette de couleurs infinie. Leur pollen doré et scintillant est propulsé avec panache, ce qui donne une légère brume recouvrant l'humus. Le cadre est vraiment apaisant et paradisiaque, se disent-ils. La douceur de l'air ambiant ne nécessitant pas de tenue chaude, le groupe se libère de ses vêtements d'hiver et les laisse au pied du rocher. Ils décident alors de s'enfoncer dans la forêt afin de découvrir d'autres merveilles. Sur le chemin, Linn aperçoit un cours d'eau en contrebas où ils pourraient se rafraîchir. Amorçant leur descente, aucun d'entre eux ne s'aperçoit qu'ils sont observés. Enthousiastes et inconscients, ils se précipitent avec ferveur vers un barrage de pierre d'où s'échappent quelques filets d'eau. Peter et Sven y pénètrent jusqu'aux genoux sous le regard inquiet des filles restées sur la berge.

— Vous pouvez venir, s'écrit Peter ! Elle est vraiment très bonne, et claire comme dans un rêve!

Les filles ne peuvent retenir le désir de goûter à un pareil bonheur; elles se laissent glisser dans cet élément pur et rejoignent les garçons.

Ils s'amusent comme des fous, jusqu'à ce que l'eau se mette à frémir, les pierres formant le barrage se rompent dans un fracas assourdissant. La masse rocheuse se met en mouvement de tous côtés déstabilisant le groupe d'adolescents à l'exception de Lisbeth, qui trouve le moyen de regagner la berge au prix d'efforts démesurés. Les autres sont propulsés hors du barrage, à plusieurs mètres de hauteur. Lisbeth, terrifiée, court aussi vite qu'elle peut pour se mettre à l'abri dans la forêt. Des larmes coulent le long de ses joues, elle gémit de peur tentant de ne pas tomber sur le sol glissant. En contrebas, ses amis sont assommés par le choc. Ils ne peuvent pas s'apercevoir du spectacle qui se créé devant eux.

La masse rocheuse s'est dressée debout, d'apparence humaine elle se tient sur ses deux jambes minérales libérant le cours d'eau qui se met à affluer puissamment. Ses mains massives se détachent lentement de sa structure, le visage brut et hostile se dessine dans la pierre au gré des fissures. La créature mesure une dizaine de mètres, elle se tient toute droite, sans bouger, face aux enfants inconscients. Lisbeth a entendu le fracas incessant de cette transformation. À bout de souffle, elle se réfugie derrière un arbre, camouflée dans une fougère géante. Tentant de reprendre ses esprits, elle pose une main sur le tronc pour prendre appui et se redresse doucement. Il ne faut pas qu'elle attire l'attention de cette chose. Elle aperçoit enfin ses amis au sol, mais ne peut intervenir. En effet, la bête s'approche lentement d'eux, s'abaissent et de ses mains énormes les attrape avec soin pour les emporter au loin. Le visage marqué de chagrin, Lisbeth s'effondre au sol.

La nuit va tomber, son ventre gronde, elle commence à ressentir les effets de la faim. Elle ne peut pas se remettre en marche maintenant, il fait trop sombre. Ses yeux se lèvent vers le ciel étoilé cherchant un réconfort. Soudain elle se fixe sur l'un des fruits collés au tronc. Tentant le tout pour le tout, elle sort la dague de son ceinturon et le perce. Un nectar se met à tomber à ses pieds. D'abord ses lèvres se posent sur la lame pour le goûter. Il est très sucré, d'un gout rappelant celui du raisin. Aussitôt, elle se penche sous la gerbe de nectar et le boit à grande gorgée. Une fois rassasiée, la forêt qui l'entoure se met à bouger dans tous les sens, le sol mousseux forme des vagues, les arbres se tordent comme des roseaux. Elle sent un malaise s'installer dans son esprit, comme des effets d'alcool ou de drogue. Et si ce nectar était empoisonné, se demande-t-elle? Tentant de faire un pas, elle trébuche sur une branche morte et roule vers le cours d'eau. Sa chute est terrible et accélérée par la mousse l'entraînant à son point de départ. La course se termine au bord du ruisseau quand sa tête heurte une pierre. Le sang s'écoule de la plaie dans l'eau limpide. La malheureuse s'est évanouie, le corps écorché et inerte dans les flots incessants.

Des mouvements la sortent de son sommeil, mais étourdit, elle referme très vite les yeux. Se sentant portée et remuée, elle tente d'observer ce qui lui arrive, mais ses forces lui jouent à nouveau des tours. Revenant à elle par saccades, elle aperçoit toutes sortes de choses étranges lors de son transport. Tout d'abord, elle est allongée sur un brancard de bois porté par des êtres étranges. Leur peau rappelle celle des grands singes et leur dos bossu, enveloppe presque toute la surface de leur corps. Les décors changent au fur et à mesure du voyage, la forêt se dissipe laissant place à de somptueuses plaines. Les végétaux qui la constituent sont des sortes de coraux à l'air libre. Leur forme est identique, mais leur taille est démesurée. Certains mesurent même plus de deux mètres de haut. Les mouvements qu'ils font au gré du vent rappellent celui d'une mer légèrement houleuse. Leur traversée se fait par un sentier parfaitement taillé. Puis, la manœuvre ralentit, ils descendent un étroit escalier de pierre en colimaçon, dissimulé dans la plaine agitée. La descente est longue et inconfortable pour Lisbeth. Les voix qui résonnent dans le dédale de couloirs sont incompréhensibles, mais pourtant humaines. Mise au centre d'une pièce, elle se redresse et contemple ce décor magnifique. Il s'agit d'une grotte immense dont les allées ont été creusées par la main de ces êtres. La lumière tamisée qui y règne est diffusée par des champignons phosphorescents ornant les parois. Le sol est recouvert de pavés parfaitement alignés et des ouvertures servant de fenêtres donnent sur une salle encore plus grande. Se levant difficilement, Lisbeth s'avance vers l'ouverture de la pièce et contemple la magnificence des lieux. Des centaines de salles comme celle-ci se rejoignent par des chemins tortueux comme une fourmilière géante. Toutes convergent vers une salle unique de cent mètres de large sur autant de haut, creusée en son centre par une chute d'eau alimentant une rivière souterraine. Un pont de bois permet de la traverser, mais aucune des créatures semblables à celles qui l'ont emmené jusque-là n'est visible.

Une minuscule tête chevelue sort quand même d'un petit trou dans la roche. C'est l'un des leurs. Sa petite taille et son visage angélique montrent qu'il s'agit d'un enfant. Ses allures d'homme singe l'humanisent un peu, tentant de faire oublier son aspect repoussant dû à sa structure corporelle. Ses membres inférieurs particulièrement raccourcis sont à peine visibles derrière le tronc massif dont fait partie sa tête. L'absence de cou rend difficile tout mouvement d'observation périphérique. Il s'approche prudemment, tendant sa main vers la petite fille apeurée. Du bout des doigts, elle touche sa peau recouverte d'un fin duvet. Puis elle joint sa main à celle du petit être, leurs visages se décrispent, un sourire timide fait son apparition. Les deux enfants s'observent sans la moindre crainte. L'enfant tronc l'amène près du sentier surplombant la grotte avec délicatesse d'où Lisbeth contemple l'ensemble de ce monde magique. Les visages hésitants sortent de leur cachette, comme s'ils n'avaient jamais vu de créature comme celle-ci. Ce

sont des centaines d'hommes-troncs qui
apparaissent dans la luminescence de la grotte. Leur
attitude craintive prouve qu'ils ne lui veulent pas de
mal. Chacun est vêtu d'habits tressés avec des
lianes et quelques matières végétales tissées
maladroitement.

L'un d'eux s'avance vers elle, c'est le plus âgé.
Il se cramponne à un long bâton, prenant appui de
sa petite taille, à chacun de ses pas. Ses cheveux
longs d'une pâleur extrême sont ornés d'une
couronne végétale. À quelques centimètres de
Lisbeth, il s'arrête et lève les yeux vers elle. Son
observation est longue et dérangeante. Puis il pose
sa main sur le front de la fille inquiète et ferme les
yeux comme pour deviner ses pensées.

Quelques secondes plus tard, il l'ôte et
s'adresse enfin à Lisbeth :

— Je suis Nolhan, chef de cette tribu. Nous ne
te voulons pas de mal. Notre peuple, les alfats, est
pacifique et maîtrise parfaitement le Dimak. C'est

une sorte de magie réparatrice. Beaucoup de peuples de Toulghar font appel à nous quand les leurs sont blessés ou malades. D'ailleurs, tes blessures ont dû disparaître depuis tout ce temps.

Lisbeth pose la main sur sa tempe, cherchant ce qui devrait rester d'une plaie. À sa grande stupéfaction, il n'y a même plus une égratignure. Pourtant, elle ne doit pas s'attarder ici, ses parents vont finir par s'inquiéter et ses amis sont perdus.

— Je ne peux pas rester, je dois retrouver mes amis et rentrer chez moi.

— Tes amis sont ici et ils vont bien. Nous vous observions dans la forêt, pensant que vous veniez avec des intentions hostiles. Il faut savoir qu'à Toulghar, et particulièrement dans le royaume d'Hyprès où vous êtes en ce moment, nous sommes en parfaite symbiose avec la nature. Il vous paraît normal de vous baigner sans même vous présenter, et bien nos coutumes nous l'interdisent. Chaque fois que nous abattons un arbre ou récoltons ses fruits, nous le faisons sans mauvaises pensées et la nature nous l'accorde. Vous vous êtes retrouvés sur un griiar sans l'avertir et l'avez sorti de son sommeil. Cette créature de pierre est à l'origine de beaucoup de chose ici, même si elle est docile, un réveil de cent ans ne se passe pas sans mal. Il nous a amené tes amis pendant que nous te cherchions.

Son regard s'abaisse lentement vers la dague, un large sourire dessine son visage ridé.

— Apparemment, nous avons bien fait de t'amener en lieux sûrs! Tu dois être une gardienne, descendante de Lena, d'après le Molvar!

— Le Molvar?

— Oui c'est comme ça que se nomme la dague que tu portes. Les ancêtres d'Hyprès l'ont fabriquée autrefois, afin de mettre un terme au règne de terreur de Feulkhan, le mal en toulgharien.

— Eh bien oui, ma grand-mère me l'a légué, mes amis et moi, nous voulions savoir si tout cela était réel.

— Vous voilà convaincu à présent. J'ai bien connu ta grand-mère, elle était magnifique et d'une gentillesse incomparable, mais je te raconterais tout cela une autre fois si tu le veux bien. Comme tu me l'as précisé, il faut que vous rentriez tes amis et toi, afin de ne pas éveiller les soupçons. Le griiar va vous ramener à votre point de départ, observez bien le chemin pour nous revoir bientôt.

Sortant, d'une petite salle, les amis de Lisbeth la rejoignent dans une émotion intense. Ils partent sans un mot regagnant la surface vers la créature de pierre qui les attend. Hanna et Linn hésitent un instant à prendre place sur les mains tendues du griiar immobile. Lisbeth montre alors sa détermination, les autres la suivent un par un dans un silence humble.

Le griiar se redresse et s'aventure dans les plaines vers la forêt. En quelques minutes, ils ont rejoint leur point de départ, la créature s'arrête pour les faire descendre, puis retourne s'allonger sur le cours d'eau. Ses membres se détachent ainsi que sa tête, le tout tombant dans des gerbes d'eau immenses. Le barrage est à nouveau ce qu'il était à l'arrivée des cinq adolescents. Sans plus attendre,

Lisbeth pointe sa dague vers les rochers couverts de lianes et dessine une porte. La même magie opère, un à un ils la franchissent se retrouvant dans la cabane si chère à leurs yeux. Linn et Sven sont sans voix. Quant à Peter et Hanna, ils sont autant émerveillés que Lisbeth. Tous regagnent leur foyer dans une nuit obscure et calme.

En entrant chez elle, Lisbeth sait qu'elle va passer un mauvais moment. Ses parents l'attendent avec impatience, la colère se lit sur leur visage et Henrik prend la parole :

— Mais bon sang, où étais-tu ?

— J'étais à la cabane avec les autres, et…

Elle n'avait même pas mis au point une excuse valable, ses pensées étaient tournées ailleurs.

— Monte dans ta chambre, tu es privée de sortie jusqu'à nouvel ordre!

— Mais…je dois…

— Je ne veux pas t'entendre discuter, il faut que tu comprennes que tu n'as pas encore l'âge de sortir le soir sans permission.

Aussitôt, elle monte dans sa chambre, allume son ordinateur et se met à chater avec ses amis. Apparemment, elle n'est pas la seule dans cette situation, la punition a été générale.

Des heures durant, elle tente de se rassurer, de trouver une explication logique à tout ça, mais surtout d'élaborer un plan afin de retrouver ses amis malgré sa punition. Hanna meurt d'envie de retourner à Toulghar, mais braver un interdit ne ferait qu'aggraver la situation, ils doivent laisser la colère de leurs parents redescendre afin d'éviter tout soupçon.

Les jours passent, le seul moyen de communication dont dispose Lisbeth est son ordinateur, elle y passe des heures avec ses amis, se remémorant cette folle journée qui les a marquée à vie.

Chapitre 4

Le matin du 02 janvier 2015, les cours reprennent, ce qui lève la punition. Lisbeth et ses amis se retrouvent enfin et élaborent un plan de sortie pour le soir. Le but étant de faire croire à leurs parents qu'ils vont se retrouver chez Linn afin de passer la soirée ensemble. Ce n'est pas chose facile, mais les enfants ont l'art et la manière d'être convaincants dans de pareilles situations; d'ailleurs les parents culpabilisent de les avoir privés de leurs amis pendant les vacances de Noël. Aussitôt dans sa chambre, Lisbeth prépare ses affaires. Il ne s'agit pas là de rechange ou de trousse de toilette comme veulent bien le croire Henrik et Sanna, mais d'un nécessaire de survie. Dans son sac à dos, elle y place une lampe torche, quelques biscuits, un couteau, un briquet, et toutes sortes d'objets pour une excursion. De son côté, Hanna prend soin également d'amener le même genre d'affaires. Son frère Nils, observe la scène avec grand intérêt au travers de la serrure. Il trouve étrange toute cette préparation pour une simple soirée. Aussi intelligent que sa sœur, il fait croire à tout le monde qu'il est partit se coucher, simulant une grande fatigue due à la reprise de l'école. Mais il profite de cet isolement pour passer par la fenêtre de sa chambre située au rez-de-chaussée. Blotti dans un coin de la maison, il essaye de se faire le plus discret possible en se serrant près des stères de bois. Si concentrée sur son échappatoire nocturne, Hanna n'a même pas vu son frère suivre sa trace. Peter aura beaucoup moins de mal de ce point de vue là, puisque Sven est autant impliqué que lui dans l'histoire. Quant à Linn, son esprit est porté par le son de son lecteur MP3, s'endormant malgré une musique rock agressive et inaudible pour ses parents. À la fin de la liste des chansons, le silence la sort de son sommeil. D'un sursaut, elle se lève de son lit, arrache son manteau noir d'un cintre et file rejoindre les autres à la cabane.

Tous se sont retrouvés au lieu de rendez-vous. Lisbeth s'interroge sur l'absence de Linn, elle qui est pourtant si ponctuelle. Les minutes passent, son absence est pesante et commence à jouer sur le moral des garçons, qui se demandent ce qu'ils font là à une heure pareille. Il fait froid et Hanna se met à grelotter. Soudain, un craquement de branche se fait entendre dans la forêt, une silhouette noire s'approche. Au fur et à mesure de sa progression, elle se dévoile lentement. De vieilles fripes déchirées, des bottes de marche en cuir à moitié lacées et une chevelure sombre qui joue avec le vent.

— C'est Linn, s'écrit Hanna, dans un profond soulagement !

— Je suis désolée. Je me suis endormie.

Dans un excès de colère, Peter la fusille des yeux. Sven resté à l'écart lui lance quelques rires moqueurs.

— Toi, écrase! Ça arrive à tout le monde, lui dit-elle !

— Ne t'en prend pas à mon frère comme ça, répond Peter excédé. Il a raison, ça fait plus d'une heure qu'on t'attend dans le froid, et madame arrive décontractée avec une excuse bidon.

Lisbeth les raisonne un peu, même s'il est vrai qu'elle aussi est un peu agacée.

— On ne devrait pas perdre de temps avec de telles futilités, on a autre chose de mieux à faire vous ne croyez pas?

— Elle a raison, répond Hanna, saisie de froid en serrant les dents. Sort la dague et allons nous mettre au chaud.

Dans la discorde, aucun d'entre eux n'aperçoit Nils, caché derrière une souche. Lui aussi est tétanisé jusqu'aux os. Il ne sent même plus le bout de ses doigts. Son bonnet rouge et son manteau fourré sont les bienvenus, il se félicite de s'être habillé chaudement pour sortir.

Les jeunes adolescents entrent dans la cabane. Nils observe de l'extérieur, il est sur le point de rebrousser chemin. Le froid l'empêche de penser ou même d'aller plus loin dans sa quête d'espionnage. Soudain, une lueur mouvementée illumine le paysage enneigé de la forêt. Des rayons lumineux passent au travers des fenêtres faisant scintiller les flocons de neige d'un bleu pâle. La curiosité de Nils est plus forte, il s'engage vers la cabane dans un silence absolu. Jetant un bref coup d'œil à la fenêtre, il s'aperçoit que la pièce est vide. La lumière semble venir d'un mur qu'il ne voit pas. Il décide d'entrer au risque de se faire prendre. Une fois à l'intérieur, cela dépasse tout ce qu'il aurait pu imaginer. Le spectacle est magnifique et enchanteur. La lumière l'attirant, il tâtonne du bout des doigts le passage créé sur le mur. Puis il y plonge sa main, et pénètre vers l'inconnu.

À son arrivée, il se retrouve seul dans un monde de toute beauté. Les pas dessinés au sol indiquent la direction de sa sœur et ses amis. De leur côté, les cinq jeunes aventuriers sont arrivés près du cours d'eau. Comme Nolhan l'a expliqué à Lisbeth, ils s'agenouillent et demandent l'autorisation de traverser au griiar. Leur passage se fait sans encombre, ils ne remarquent même pas Nils descendant la vallée à leur rencontre. Lancé dans son élan, il n'hésite pas à se mettre à l'eau pour rejoindre l'autre côté de la rive le plus vite possible. Luttant contre le courant, il n'aperçoit pas le danger qui le guette. Le griiar se redresse, son regard sévère et froid se tourne vers Nils. Le contact des pierres se formant les unes sur les autres, résonne dans la vallée. Hanna ralentit le pas et se retourne doucement.

— Attendez, j'ai entendu quelque chose!

— Moi aussi, on aurait dit le griiar, répond Peter.

Sans hésiter, ils retournent tous vers le cours d'eau et distinguent clairement la silhouette de Nils essayant d'échapper au monstre de pierre. Hanna se précipite vers lui et hurle:

— laisse-le tranquille!

Mais le fracas est tellement fort que ses cris ne parviennent pas aux oreilles du géant. Elle se munit alors d'une pierre et la jette à la tête du griiar. Le bruit fait place à un court silence, le géant tourne lentement sa tête vers Hanna qui relance ses supplications.

— Pitié, ne lui fais pas de mal! C'est mon frère et il ne connait rien de vos coutumes! Il voulait juste traverser, s'il te plaît laisse-le!

Les yeux du griiar se posent sur Nils, mais l'accident est arrivé. Il s'est noyé dans le remous causé par le mouvement de la statue vivante. Son corps flotte en surface grâce à son manteau qu'il n'a pas quitté. Hanna et ses amis se jettent à l'eau pour le secourir. Elle le serre dans ses bras pleurant toutes les larmes de son corps. Une fois sur la rive, Peter tente de le réanimer. Il fait de son mieux pour pratiquer des gestes de premiers secours, mais ce serait tellement plus simple s'il les maîtrisait. Soudain, la main du griiar s'empare de Nils, les autres comprennent vers quel endroit il l'emmène. Sans marquer le moindre signe de mécontentement, ils le suivent à toute jambe à travers la forêt. Le chemin est long et pénible, Hanna n'a plus de souffle, mais elle sait qu'elle doit lutter jusqu'au bout pour s'assurer de la survie de son frère.

Au bout d'un laborieux voyage, ils arrivent enfin à l'entrée de la caverne des alfats. La main de pierre se pose doucement au sol, déposant le corps de Nils inanimé. Peter le charge sur son dos et descend le plus vite possible l'escalier en colimaçon.

— Aidez-nous, s'il vous plaît! Nous avons besoin d'aide!

Les plaintes d'Hanna résonnent sur les parois de la caverne comme sur du cristal. Le peuple des alfats se rue vers le jeune garçon et l'enlève vers une salle isolée. Hanna et ses amis se retrouvent seuls dans l'angoisse et l'inquiétude. Nolhan, les rejoint au bout d'une heure et s'adresse à Hanna.

— Tu as bien fait de l'amener ici si vite. Nous avons eu du mal, mais le voilà tiré d'affaire.

— Mon frère s'est noyé quand le griiar s'est réveillé, il ne connaissait pas les règles de Toulghar. C'est lui qui l'a transporté jusqu'à vous, nous l'avons simplement suivi.

— Un griiar capable de résonner aussi vite, s'est étrange. D'habitude, ces créatures ont le cerveau d'un insecte. Ce doit être sans doute le fait de s'être réveillé il y a très peu de temps, qui a donné lieu à une réflexion de notre vieil ami. Quoi qu'il en soit, vous devez vous reposer.

— Nous n'avons pas de temps pour cela, nous ne devons pas éveiller les soupçons, répond Lisbeth. Dès qu'il ira mieux, nous le ramènerons chez nous.

— Si telle est votre volonté …

Quelques minutes plus tard, Nils les retrouve dans une grande salle. Hanna se jette sur lui maladroitement. Elle est très heureuse qu'il aille mieux, mais sa colère l'emporte.

— Qu'est-ce qui t'a pris de nous suivre?! Tu aurais pu te faire tuer. Si les parents l'apprennent, je suis punie jusqu'à la fin de ma vie.

— Je voulais juste savoir ce que vous cachiez. Je ne m'attendais pas à ça.

— Eh bien, rétorque Lisbeth. Maintenant, te voilà dans le même bateau que nous. Alors nous devons tout t'expliquer.

Pendant de longues minutes, elle raconte à Nils la façon dont toute cette histoire a commencé. Son regard se pose sur la dague accrochée à la ceinture de Lisbeth. Ses yeux s'illuminent comme ceux d'un enfant devant ses cadeaux de Noël.

Mais il est temps de repartir, ils regagnent la surface et s'enfoncent dans les plaines de coraux terrestres. Pendant leur voyage, aucun d'entre eux ne se rend compte qu'ils sont observés. Ça ne pourrait pas être un alfat, il n'aurait pas de raison de se cacher. La nuit tombe peu à peu et les enfants sont épuisés. Linn se tourne vers le groupe et dit:

— Si on se reposait un peu, je crois que ça ne ferait pas de mal.

— Tu as raison, dit Lisbeth. Il vaut mieux perdre un quart d'heure que de risquer l'épuisement. On a eu assez d'émotions pour aujourd'hui.

Le groupe s'installe alors au pied d'un grand arbre. Peter et Sven posent leurs affaires dans un profond soupir, ils s'allongent dessus, la tête tournée vers les étoiles et se ressourcent de cette obscurité apaisante. Hanna et Lisbeth ont rejoint Linn de l'autre côté de l'arbre, elles aussi contemplent la beauté du ciel. Les étoiles scintillent de mille feux, dans un décor presque irréel. Des aurores boréales dessinent des courbes au milieu des planètes visibles jusque-là. Deux d'entre elles sont aussi grosses que notre lune et tout aussi belles. Nils, est bien le seul à ne pas être épuisé, il faut dire qu'il n'a pas eu besoin de faire le chemin à l'aller. Il profite de cette accalmie pour jouer à quelques mètres de sa sœur. Sautant sur les fougères géantes et les fruits tombés au sol, il ne remarque toujours pas la présence qui l'observe. Soudain, il entend un bruit dans les buissons. Son élan se stoppe immédiatement, il est tétanisé. Les feuilles s'écartent lentement, laissant apparaître une silhouette familière à ses yeux. Un large sourire se dessine sur son visage, il a reconnu Nolhan. Mais celui-ci reste muet, il lui fait simplement comprendre d'un signe du doigt de ne pas faire de bruit. Puis il l'invite à le rejoindre. En toute confiance, Nils s'exécute. Il s'avance vers Nolhan d'un pas décidé, celui-ci le regarde avec compassion et lui dit:

— Il ne faut pas les réveiller, ils ont besoin de toutes leurs forces pour rentrer. Mais vois-tu, je dois te demander un service mon jeune ami.

— Tout ce que tu voudras, répond Nils d'un ton militaire.

— Ne nous emballons pas. Je dois m'assurer que la dague est en état de vous faire rentrer. Il arrive que cet objet magique soit à court de force lui aussi, comme tes amis. Si cela se produisait pendant votre traversée, vous seriez perdus à tout jamais. J'aurais pu le demander à Lisbeth, mais elle doit se reposer. Tu dois me ramener le Molvar sans attirer son attention. Veux-tu te charger de cette mission pour moi?

— Oui bien sûr, de toute façon, ils doivent déjà dormir.

Sur ces paroles, Nils retourne au pied de l'arbre sur la pointe des pieds. Il s'abaisse vers la ceinture de Lisbeth, tâtonne du bout des doigts son cuir, cherchant une forme proche de celle de la dague. Mais Lisbeth se tourne sur elle-même, ce qui frêne Nils dans un sursaut. Ce changement de position révèle le Molvar. Sa main hésitante attrape la poignée et la tire hors de la ceinture. Le frottement de la lame reste discret sous la maniabilité de son nouvel hôte. Une fois en sa possession, Nils rejoint Nolhan vers le buisson. Celui-ci l'attend la tête tournée vers l'autre partie de la forêt.

— J'ai réussi et sans les réveiller, dit Nils fier de son exploit !

Soudain, la silhouette de Nolhan se retourne vers Nils. Son regard n'est- plus le même. Ses yeux luisant dans le noir, il attrape fermement le poigné du jeune enfant et lui arrache le Molvar. Avant même que Nils n'ai le temps de comprendre ce qui se passe, Il secoue sa tête en tous sens, faisant disparaître les traits de Nolhan. Son corps lui aussi se met à trembler, sa peau se métamorphose tout comme sa structure osseuse. Il n'est plus le vieillard prostré d'autrefois et il ne l'a jamais été. Une nouvelle créature se dresse devant Nils. Son corps élancé mesure plus de deux mètres de haut, la texture de sa peau fait penser à celle d'un lézard tout comme son regard froid et vitreux. Une queue lui servant d'arme agite les piquants qui la recouvrent.

Les yeux de Nils découvrent la bête avec horreur. Son regard se lève vers sa tête découvrant le visage de son assaillant. De longs appendices écaillés ornent sa crinière, comme des tresses tribales. Sa bouche est grande ouverte et dégoulinante de bave. Les dents qui la composent sont aussi pointues que des aiguilles et dirigées vers une langue fourchue s'agitant comme un vers. Son regard sévère est accentué par des yeux jaunes phosphorescents.

Cet homme reptile n'est pas là en ami, Nils l'a bien compris, mais il est trop tard pour fuir.

Sa main est prisonnière de ses longs doigts charnus et puissants. D'un geste brutal, il tire le pauvre enfant, le propulsant sur son épaule, puis disparait à toute allure dans l'obscurité profonde de la forêt. Les hurlements de Nils réveillent Hanna qui se lève aussitôt. Elle l'appelle de toutes ses forces, mais la voix de son frère se fait de plus en plus discrète. Les autres assistent à la scène sans comprendre. Ils essayent de porter main forte à Hanna hurlant aussi fort qu'ils le peuvent, mais aucun retour ne leur parvient. Hanna s'effondre en sanglots. Dans un lieu aussi inconnu et dangereux, tout peut arriver à son frère. Lisbeth prend son amie dans ses bras essayant de lui donner un peu de réconfort pendant que les autres scrutent la pénombre sans espoir.

Au même instant, des bruits aux alentours résonnent comme des tambours. Des lueurs s'abattent sur les arbres propulsant leurs ombres en tous points. Ce sont les alfats munis de torches qui accourent vers les jeunes adolescents. Nolhan est porté par deux guerriers sur une sorte de fauteuil tressé. Il descend difficilement et s'adresse à Hanna.

— Ton frère a été enlevé, nous sommes venus aussi vite que l'on pouvait. L'un de nos alfats a découvert les traces d'un saural. Ce sont des bêtes mi-humaines, mi-reptiles d'une force démesurée. Ils ont la faculté d'imiter pratiquement toute créature à deux pattes, comme eux. Quand nous avons découvert l'une de ses écailles, nous avons compris que le pire était à craindre pour vous. À l'heure qu'il est, il doit être sûrement en route vers…

Son visage se fixe aussitôt sur Lisbeth, il observe sa ceinture avec effroi.

— Où est le Molvar?! S'écrit-il.

— Oh mon dieu, je l'avais sur moi pendant tout le voyage, il ne peut pas être très loin.

— Inutile de le chercher, poursuit Nolhan d'un air dépité. Ce que je craignais est arrivé. Ces êtres sont fourbes et celui-ci n'a pas hésité à utiliser Nils comme appât afin de récupérer le Molvar. Je ne vois pas en quoi cela lui serait utile à moins que…

Tous se tournent vers lui attendant le pire. Mais ce n'est pas la peine d'expliquer le but de cet enlèvement. Feulkhan va enfin pouvoir assouvir sa vengeance. Il attend depuis des siècles l'occasion de mettre la main sur le Molvar. Nils était sur la route d'un de ses sbires, il ne fera que gonfler le trésor que le saural rapporte à son maître.

Dans la forêt dense, le saural se fraie un chemin entre les arbres, prenant appui sur leur tronc pour se propulser sur de longues distances. Nils est bousculé de tous côtés, mais il tient bon. S'il se débattait, il risquerait de faire une chute fatale à cette allure. Soudain, le paysage semble se dissiper, laissant place à un précipice d'une centaine de mètres de haut. En contrebas on peut entendre le lit d'une rivière agitée. La traversée est impossible, mais c'est sans compter sur la puissance du saural qui prend un appui au bord du gouffre et déploie ses jambes ainsi que sa longue queue pour faire un saut digne des meilleurs singes. Nils ferme ses yeux aussi fort qu'il peut, il espère ne pas finir au fond de l'eau. Un bon de cinquante mètres les amène sur le bord de la falaise qui leur faisait face. La roche est friable ce qui nécessite quelques efforts supplémentaires. Le saural plante ses longues griffes à plusieurs reprises, il réussit tant bien que mal à reprendre son chemin. Cette fois, il escalade la falaise jusqu'à son sommet. Ondulant son corps à la façon d'une couleuvre, il fait preuve une fois de plus de ses qualités physiques. Un nouveau décor apparait, celui d'une chaîne de montagnes noires. Au bout d'une heure environ, ils arrivent enfin à destination. Dans un cratère éteint, les attendent des créatures semblables à celles du cauchemar de Lisbeth. Elles montent la garde devant une porte en pierre colossale. Le saural ralentit et montre le Molvar de la main droite. Immédiatement, les créatures s'écartent pour lui laisser l'accès. La porte se détache de la paroi rocheuse, et s'ouvre lentement en deux parties. Le saural pénètre dans cet endroit ténébreux, cramponnant Nils sur son épaule gauche pour ne pas qu'il s'échappe.

Chapitre 5

D e leur côté, les alfats se mobilisent et forment un grand cercle autour de Nolhan. Celui-ci explique la situation à son peuple dans une profonde émotion.

— Peuple alfat! Le moment tant redouté est arrivé. Un saural a joué de la crédulité d'un de nos hôtes et l'a enlevé. Il l'a également dépossédé du Molvar! Nous savons très bien ce que cela signifie. Si notre peuple jusqu'ici pacifique n'a pas eu recours aux armes depuis de nombreuses générations, il est temps d'affronter le mal. Car un grand malheur se prépare à Toulghar. Si Feulkhan s'est emparé du Molvar, il s'en servira pour se constituer une armée de sbires. Nous avons déjà eu affaire à ces créatures immondes autrefois. Une enfant du nom de Lena fut appelée pour nous venir en secours. Seule une âme pure pouvait venir à bout de Feulkhan, ce qu'elle fit. Elle nomma ces créatures des faucheurs, car leur mission était pire que tout ce que l'on avait pu imaginer. Feulkhan avait trouvé un moyen d'entrer en contact avec son monde et enlevait les enfants dans leur sommeil l'un après l'autre. Aussi discret et fourbe que la mort. Mais cela lui prenait trop de temps, il transforma à son image les premiers captifs, les chargeant de ce fardeau. Ainsi les pauvres enfants étaient changés en faucheurs pour en capturer d'autres. Une terrible bataille a eu lieu, tous les toulghariens se sont mobilisés et ont combattu ensemble le mal. Avant qu'il ne soit trop tard, nous devons rassembler tous les chefs de Toulghar, amis ou ennemis et nous préparer à l'affrontement.

Les alfats se mettent à manifester leur colère, brandissant leurs torches et prouvant leur détermination à combattre. Certains d'entre eux sont chargés d'aller trouver les différents chefs, d'autres de fabriquer des armes. Les enfants, quant à eux assistent à la scène, dépités. Ne pouvant plus rentrer chez eux, ils n'ont plus d'autres choix que de se joindre aux rebelles. Ce qui est encore plus facile pour Hanna. Elle aura besoin de toute l'aide nécessaire pour retrouver son frère. Pour le moment ils aident à rassembler des vivres, une longue aventure les attend. L'un des alfats s'avance vers Peter et Sven d'un air décidé.

— Vous avez l'air vigoureux tous les deux. Vous nous serez sûrement plus utile à fabriquer des armes, venez avec moi.

Les deux jeunes frères s'exécutent sans la moindre hésitation. Dans ce monde, ils se sentent bien seuls et savent qu'ils devront faire preuve de maniabilité. Rejoignant un petit groupe d'alfats, ils ramassent des morceaux de bois permettant la conception de flèches et d'arcs. Ils ne savent pas encore que cela n'est que le début. Les travaux deviendront de plus en plus pénibles. Bientôt ils travailleront à la fonderie pour la réalisation d'épées et de protections.

De leur côté, les filles cueillent des fruits ainsi que certaines plantes médicinales. On leur montre lesquelles sélectionner ainsi que leurs vertus. Mais tout cela va trop vite pour Hanna, elle s'agenouille en pleurant, pensant à son petit frère et ses parents qu'elle risque de ne plus jamais revoir. Ce doit être le milieu de la nuit, se dit-elle, et personne ne s'apercevra avant quelques heures de leur disparition. Elle se sent seule et désarmée. Mais comment a-t-elle pu se retrouver dans une histoire pareille? Ce doit sûrement être un cauchemar. Heureusement, Lisbeth et Linn qui assistent à la scène, laissent tomber leur récolte pour venir la consoler. Quelques accolades suffisent à rassurer Hanna. En silence, de simples gestes affectueux lui font savoir qu'elle n'est pas seule. Elles forment un groupe qui ne baissera pas les bras sans se battre. Les trois filles se relèvent décidées, retournant accomplir leur mission. Hanna vient de connaître quelque chose de troublant dans la vie d'une adolescente. Son visage fermé est plus sûr, sans le savoir elle passe dans le monde adulte avec ses soucis, ses impératifs et surtout ses responsabilités. Linn et Lisbeth elles aussi, se sentent envahis par ces sentiments. Déterminées, elles progressent dans l'épaisse forêt, impatientes de retrouver Nils et le Molvar.

Dans la grotte sombre et inhospitalière, le saural continue sa progression. Nils sent ses forces le quitter, il est mort de fatigue, ces évènements l'ont bien affectés lui aussi. Au bout d'un long couloir creusé dans la pierre, les attendent deux de ces créatures. Elles les escortent à l'intérieur d'une salle immense. Des crânes ornent les murs, vestiges d'une époque révolue. Tout semble avoir traversé les siècles, des piliers effrités aux statuts représentant des faucheurs. L'ensemble tient miraculeusement debout, subissant les usures du temps. Mais le plus frappant dans cet endroit est le manque de lumière, seuls quelques champignons luminescents accrochés au dôme de la grotte, permettent d'entrevoir un autel. Sa structure est des plus rudimentaires, une surface plane sans la moindre décoration. Seules des entraves de fer servant à attacher les membres lui donnent un sens morbide.

Soudain, un craquement d'os dans le fond de la salle résonne. Des pas lourds et lents se font entendre. Une masse s'avance, fébrile et impuissante jusqu'au saural. Sortant des ténèbres, son visage se dévoile. Celui d'un être hideux que le temps à presque achevé. Il tient une posture recroquevillée, s'aidant d'un long bâton pour marcher, perdant des bouts de chair pourrie sur son chemin. D'une main tremblante, il indique au saural de déposer le jeune garçon sur l'autel. Celui-ci exécute l'ordre donné par la vieille créature en putréfaction sans la moindre hésitation. Il baisse la tête évitant de croiser le regard de cette chose, non pas par dégout, mais par soumission. Aucune autre créature de celles qu'il a croisées ne semble avoir une telle emprise sur ces lieux. Il sait à qui il a affaire, Feulkhan le légendaire est bien réel. Déposant délicatement Nils sur l'autel, il lui attache les poignets et les chevilles, puis s'écarte pour laisser la place à son maître. Feulkhan s'approche doucement de Nils continuant à perdre des morceaux de son enveloppe charnelle. Des bouts de phalanges et des dents acérées, s'abattent sur le sol. Sa main droite se tend vers le saural, des ongles extrêmement longs et pointus tournés vers le plafond. Il demande son dû. Leur regard ne se croise toujours pas, les gestes suffisent à se comprendre. Le Molvar passe d'une main à l'autre. Dans cette passation, celui-ci se met à s'illuminer. Les rubis qui le composent brillent de mille feux, comme ils l'ont fait dans la chambre de Lisbeth. Les vieilles peaux humaines qui composent l'habillement principal de Feulkhan s'agitent comme poussées par un vent violent, dévoilant son corps décomposé. La lumière est si intense que toute la grotte s'illumine comme en plein jour. Les fissures des piliers et des statuts se dissipent peu à peu tout comme les lésions du corps de Feulkhan. Il se redresse lentement, dans un craquement ossuaire se régalant du spectacle qui lui est offert. La magie est en train d'opérer sur lui et sur tout son royaume. La vie qui s'était arrêtée reprend son chemin, effaçant toute trace du passé. Celui qui n'était qu'une vieille carne se redresse, savourant la chance qui lui est donnée. Son apparence a bien changé, il est imposant et redoutable. Ses yeux sombres et luisants fixent le corps endormi de Nils. Il s'approche, tend une main sur son visage, ce qui réveille l'enfant. Une partie de sa peau se liquéfie pour entrer dans la bouche de Nils. Le pauvre petit garçon se débat de peur et de douleur. La main de Feulkhan l'empêche de pousser le moindre cri. Quelques secondes plus tard, son corps se métamorphose, ses yeux se révulsent passant du blanc au noir. Sa peau est gluante, ses cheveux se détachent de sa tête et des dents acérées jaillissent d'une bouche aussi grande qu'immonde. Nils n'est plus, un faucheur est né.

Les entraves s'ouvrent, libérant cette bête sanguinaire. Il s'avance vers Feulkhan puis s'agenouille en guise de soumission. Son maître saisit fermement le Molvar et se met à dessiner un cercle au sol. Il se retourne vers sa création sans même lui expliquer le but de sa mission. Les deux êtres sont en symbiose, ils se comprennent par la pensée. Puis il regarde le saural et lui dit:

— Tu as rempli ta mission, je te laisserais donc la vie sauve à toi et à ton peuple. Tu as le choix de rester à mes côtés pour devenir encore plus puissant que tu ne peux l'imaginer. J'envoie mes créatures chercher d'autres enfants. Ils feront partie eux aussi de ma future armée. Ainsi je retrouverais la place qui m'est due et je régnerais sur Toulghar. Qu'en dis-tu?

Sans broncher, le saural vient se placer à côté de son nouveau maître. Il observe la machination démoniaque de Feulkhan opérer.

À Hemligstad, tout le monde dort à cette heure tardive. Dans une chambre au premier étage, une petite fille de cinq ans rêve profondément. Insouciante du danger qui la guette, elle ne peut pas voir le tracé qui se dessine sous son lit. De ce cercle se faufile une main putride et démesurément longue jusque sur le rebord du lit. La bête s'extirpe lentement sans réveiller la petite fille. Elle l'a regarde fixement sans bouger et recourbé, la bouche ouverte laissant paraître des dizaines de dents aiguisées comme des rasoirs. Soudain, sa main s'écrase sur la bouche de l'enfant, l'empêchant de crier. Ses longs bras puissants l'enveloppent tandis que cette matière gluante jaillie de ses mains pour pénétrer dans le corps de la pauvre petite fille apeurée. En une fraction de seconde, le faucheur la sort de ses couvertures et l'emmène sous le lit. Dans un ultime geste de survie, elle plante ses ongles sur la moquette, mais ne peut résister à la force de son assaillant. Ses doigts marquant une empreinte jusque sous le lit, elle glisse impuissante vers les ténèbres. Le cercle se referme, il ne reste rien dans la chambre, à part quelques traces laissées au sol et un peu de matière organique de la bête.

Durant les heures qui suivent, la même scène d'horreur s'abat sur le village d'Hemligstad. Les enfants sont enlevés et transformés un par un à l'image de Feulkhan. À chaque nouvel arrivant, il redessine un nouveau passage sur le sol, désignant une de ces créations afin d'exécuter sa mission. Il maîtrise parfaitement les pouvoirs du Molvar, chaque porte dimensionnelle est créée vers une cible bien précise, ce qui ne lui impose pas de devoir se déplacer pour passer d'un lieu à un autre. Au court de cette sombre nuit, plus d'une centaine d'enfants connaissent le même sort. Les rares à n'avoir pas subis cette transformation à cause de leur âge trop avancé, sont jetés dans des cages de bois tressés en vue d'en faire des esclaves. Seules les âmes pures, celle d'enfants qui ne sont pas encore passées dans le monde adulte, connaissent cette tragédie.

Feulkhan se régale du spectacle et de sa nouvelle suprématie. Les nouvelles créatures accourent à ses pieds, elle s'agenouille vers leur maître attendant ses ordres.

Le lendemain, Peter et Sven, qui ont très peu dormi, sont réveillés par deux alfats.

— Il est l'heure de partir. Je suis Palium et voici Cystop. Nous allons vous accompagner jusqu'au royaume d'Ebes. Là-bas, nous rencontrerons le peuple des grils. Ce sont des forgerons très respectés. Leur savoir-faire est reconnu partout à Toulghar. Sur notre route, nous rencontrerons sûrement d'autres peuples qu'il faudra rallier à notre cause. Nous venons d'être avertis que les garous se mobilisent avec nous, c'est une bonne nouvelle.

Les deux garçons ont du mal à tout mettre en place dans leur tête de si bonne heure. Ils se regardent étonnés, mais reste perplexes sur la dernière phrase de Palium. Peter lui demande alors :

— Par garous vous voulez dire quoi?

— Vous découvrirez très vite que bien des créatures de Toulghar ont alimenté légendes et superstitions dans votre monde. Certaines ne sont pas exactement telles que vous voulez bien y croire, néanmoins elles existent. Les garous sont des créatures vivant dans la forêt. Ce sont des loups qui chassent en meutes et se transforment quand nos deux lunes apparaissent. Ils prennent alors une apparence semblable à la vôtre, mais leur force est décuplée. Ils gardent certains aspects de leurs origines avec l'agilité humaine en plus.

— Alors les loups-garous existent ?!

— On peut dire ça comme ça…

Les yeux de Sven s'écarquillent, il n'en revient pas. Les deux frères se lèvent en sursaut, ils scrutent l'horizon, espérant ne pas croiser l'une de ces créatures. Cystop jette sur leurs épaules des poches remplies de provisions, ce qui les sort de leur torpeur. Les deux garçons suivent Palium et Cystop s'enfonçant dans la forêt vers le royaume d'Ebes.

Quant aux filles, elles sont restées blotties l'une contre l'autre, allongées au pied d'un grand arbre. Hanna ouvre les yeux, s'imaginant avoir rêvé, mais très vite elle se rend compte que tout ceci est bien réel. Son visage se décompose, le chagrin la submerge, ses pleurs réveillent Linn et Lisbeth. Gardant leur esprit de cohésion, elles rejoignent les femmes alfats qui n'ont cessé leur récolte durant la nuit. L'une d'elles s'avance et s'adresse à Lisbeth.

— Je vais à la rencontre des elfus. Tu me serais d'une grande aide afin de les convaincre de nous rejoindre.

— Des elfes?!

— Non, des elfus, mais avec le temps je veux bien croire que leur nom ait été déformé.

— Pourquoi moi?

— Tu es une descendante de Lena, par conséquent tu dois accomplir ton destin et déposséder Feulkhan du Molvar. Ainsi l'ordre reviendra sur Toulghar. Ton rôle est si déterminant que tu auras un impact sur la décision des elfus pour nous venir en aide.

— Mais qui sont-ils? Des petits lutins ou des trucs dans ce genre-là?

— Il ne faudra pas te méprendre sur leur taille. Ils ont la faculté d'entrer en contact avec tout ce qui les entoure, végétal ou minéral et peuvent également communiquer avec n'importe quelle créature toulgharienne. Il est possible que tu en aies croisé, mais ils se montrent discrets. Ils ne sont pas plus grands qu'une fourmi et brillent comme un ver luisant. De minuscules ailes leur permettent de voler agilement, ce qui les rend encore plus dur à trouver. Il vaut mieux que tu les découvres par toi-même, c'est plus simple.

— On commence par où, demande Lisbeth d'un air blafard ?

L'alfat lui tend un sac de provisions puis tourne ses talons, s'engouffrant dans les épaisses fougères. D'une voix forte, elle lui dit:

— Suis-moi!

Lisbeth regarde des amies. Leur complicité est devenue très forte. Linn prend la main de Hanna, puis elles s'avancent vers leur amie impuissante. D'une main chaleureuse sur l'épaule de Lisbeth, Linn lui fait savoir que tout se passera bien. Elle lui donne son consentement pour les quitter.

— Vous ne pouvez décidément rien faire toutes seules? leur demande l'alfat. Vous n'avez qu'à venir avec votre amie vous aussi.

Les trois filles retrouvent un semblant de joie, main dans la main elles la rejoignent.

— Bien, maintenant on peut y aller. Je me présente, je m'appelle Malna.

Les jeunes filles ne prononcent pas un mot. Elles savent que le pire les attend. Abasourdies par toutes ces aventures, elles suivent Malna jusqu'à une destination qui leur est inconnue.

Les jours passent, l'espoir de retrouver Nils en vie s'amenuise. Il ne leur reste plus qu'un rêve en tête, celui de rentrer chez elle.

Chapitre 6

Le village d'Hemligstad vient de subir une tragédie. Les télévisions se sont rassemblées pour diffuser les premières images. Le mal se répand dans les villes avoisinantes. L'armée de Feulkhan s'agrandit de jour en jour. Au bout d'une semaine, elle compte près de dix mille faucheurs répondant aux ordres de leur maître démoniaque. L'armée est mobilisée avec une l'aide de l'ONU. La malédiction des enfants devient une affaire d'État. Les plus hauts dirigeants du globe se réunissent afin de prendre des mesures d'urgence. Une cellule d'enquête est ouverte afin de récolter un maximum d'information. Peu de temps après sa création, les premiers résultats sont à la hauteur des craintes. La même matière noirâtre trouvée derrière chaque enfant disparu semble d'origine inconnue sur terre. On ne lésine pas sur les moyens, les plus grands chercheurs sont appelés sur ce phénomène. La malédiction s'étend aux pays voisins comme la Norvège, la Finlande, le Danemark et la Pologne, une unité militaire indépendante est alors mise en place. Elle est constituée d'une centaine de soldats surentraînés venant de pays européens, mais aussi des États-Unis qui fournissent un appui financier et logistique considérable. Le Général Ibanov est nommé à la tête de cette armée qui ne cesse de grandir. Un quartier général est installé en Allemagne, car les chercheurs redoutent que le mal ne s'étende à ce pays dans les prochains jours. Il veut se tenir prêt au bon moment.

02 Avril 2015

L'I.M.U (independant military unit) se prépare à agir pour la première fois au Danemark. Sa première mission a pour objectif de collecter des preuves ainsi que des images vidéo permettant ainsi de prendre les mesures nécessaires contre ce mal. Le colonel Hotkins est désigné à la tête du groupe d'intervention. Dans une salle secrète, les dizaines de moniteurs indiquent des cartes topographiques montrant la progression de cette malédiction. Une table ronde située au centre sert de lieu de rapport et de commandement. Une dizaine d'hommes y sont rassemblés. Parmi eux, le Général Ibanov prend la parole. Sa carrure et les décorations qui ornent son uniforme imposent le respect.

— Le moment est arrivé. Nous allons enfin connaître la vérité, ou du moins tenter de la découvrir. Des caméras de télésurveillance sont mises en places dans ce bâtiment.

Il pointe du doigt un pupitre où est dessinée une carte de Copenhague. Il s'agit d'un orphelinat, Ils ne tiennent pas à attirer l'attention pour le moment. Des croix rouges indiquent la position des soldats.

— Cette mission sera capitale, nous n'avons pas le droit à l'erreur. Nous devrons agir de nuit dans le plus grand silence. Les enfants en savent le moins possible sur notre mission de surveillance, alors pas de bavures.

Un officier prend la parole. C'est un américain d'une quarantaine d'années. Ces exploits en Afghanistan lui ont valu quelques médailles dans le passé. Une guerre fourbe ou le danger pouvait venir de n'importe où, il ne l'a pas oublié. C'est pour ses facultés à réagir face à de telles situations qu'il a été nommé au sein de l'I.M.U.

— Nous devons nous tenir prêts à intervenir au plus vite. Je ne crois pas que de simples caméras empêcheront ces enfants de disparaître. Chaque soldat devra se trouver dans la chambre, quitte à aider les enfants à trouver leur sommeil par des moyens médicaux. Je ne pense pas que la morale soit à l'ordre du jour.

— Eh bien! Vous faites honneur à votre réputation Colonel Hotkins, répond le Général. C'est pourquoi j'ai besoin pour cette mission d'un homme d'action comme vous. C'est vous qui dirigerez les opérations là-bas. Je vous veux avec vingt hommes sur les lieux à 20 h 00 précises demain soir.

— A vos ordres mon Général!

Les officiers se lèvent en même temps saluant le Général Ibanov. Celui-ci referme une enveloppe cartonnée et la confie au colonel. Dessus il est écrit:

CONFIDENTIAL – IMC1

IMC1 voulant dire «investigation mission Copenhague 1».

Les jours ont passé à Toulghar dans un climat tendu. Peter et Sven sont à une journée de marche du royaume d'Ebes. Ils appréhendent à chaque pas, la rencontre avec un garou. Progressant dans des vallées escarpées, ils surplombent la forêt, se tenant sur leur garde. Ils voudraient tellement arriver au terme de ce voyage. Leurs jambes ont du mal à les porter, les roches friables accentuent la difficulté à se frayer un chemin. Même les rations arrivent à épuisement. Les deux alfats ont conscience de tout çà, ils décident de marquer une courte pause afin de reprendre des forces.

— Nous allons nous installer et manger un peu, mais il ne faut pas nous attarder, dit Cystop. Derrière ces montagnes se trouve notre objectif, nous aurons de quoi nous rassasier une fois chez les grils. Nous devrons nous contenter de quelques miettes, c'est tout ce qu'il reste.

Il prend soit de partager quelques racines ainsi que des baies avec les autres. La nuit tombe dévoilant un ciel magnifique. Les deux lunes apparaissent lentement au travers des nuages qui se dissipent.

Soudain, un bruit de roche se fait entendre. Des cailloux tombent d'une paroi s'écrasant au pied de la falaise. Ils ne sont plus seuls. Le bruit a fait sursauter les deux garçons pris de panique. Quant aux alfats, ils ont senti l'odeur de celui qui les observe. Palium se retourne vers Sven qui semble le plus apeuré et lui dit :

— Ne t'inquiète pas Sven. Il nous suit depuis deux jours, mais je ne voulais pas vous inquiéter. Si nous nous montrons courtois, tout se passera bien. Pour l'instant, ce n'est qu'un loup, il devrait nous rejoindre d'une minute à l'autre je pense. Restez calme et faites ce que je dirais.

Un hurlement déchire le ciel. Le loup entre en communion avec les deux lunes. Sa transformation commence. Des craquements d'os résonnent derrière l'écho des hurlements, des souffles accélérés, puis le silence. On n'entend plus rien dans la vallée. Les montagnes retrouvent leur calme presque immédiatement. C'est alors qu'une ombre se dessine sur la roche. Elle bouge à une allure folle. Celle d'une bête particulièrement agile et féroce. Bondissant de rocher en rocher, elle s'approche du groupe. En une dizaine de secondes à peine, elle vient de parcourir plus de deux cents mètres en terrain montagneux et les a rejoints. Elle bondit dans les airs, se propulsant au-dessus des alfats, puis s'écrase, amortissant sa chute avec aisance. Ses yeux sont fixés au sol, elle se tient recourbée, presque à quatre pattes. Puis elle se déploie, se tenant juste sur ses pattes arrière. Le loup n'est plus. Le garou les observe sans rien dire. Ses yeux brillent dans la nuit à la douce lueur des lunes, ses dents pointent légèrement hors de sa gueule à moitié ouverte. Il ne leur veut pas de mal, mais s'informe sur leurs intentions. Ces créatures une fois mi-humaines ont la faculté de communiquer. Même si leur voix est un peu étouffée sous des grognements et difficilement compréhensible à cause de leur large dentition, elle reste néanmoins audible pour la plupart des personnes. D'un pas puissant en avant, elle se dresse devant Palium avec domination. Les deux frères se reculent craignant le pire. Palium baisse la tête, en s'inclinant de la sorte, il fait savoir à son interlocuteur qu'il n'est pas là en ennemi. Puis il lève les yeux vers le colosse.

— Nous ne te voulons aucun mal, ni à toi, ni à ton peuple. Il est arrivé un drame à Toulghar. Feulkhan est de retour, il se constitue une armée qui va nous détruire prochainement. Nous nous rendons au royaume d'Ebes, demander de l'aide aux grils afin de fabriquer des armes pour nous défendre. Je ne te cache pas que ton peuple est lui aussi en danger.

Le front du garou se plisse de colère. Il marque un court un instant sans rien dire. Puis il jette son dévolu sur Sven et Peter.

— Et eux, que font-ils ici. Nous n'avons pas vu des humains depuis des générations.

Les deux adolescents sont stupéfaits de voir que le garou parle. Il faut dire que l'image qu'ils avaient de lui était celle d'un être cruel et inculte. Visiblement la légende ne colle pas en tous points avec la réalité. Peter saisit l'occasion pour communiquer à son tour, mais ce n'est peut-être pas la meilleure chose à faire.

— Nous sommes venus avec nos amies grâce au Molvar, mais on nous l'a dérobé. Le frère de l'une d'entre nous s'est lui aussi fait enlever, et …

Le garou ne retient plus sa colère, il se jette sur Peter, le projetant à terre avec violence. Ses dents sont à quelques centimètres de son visage, un filet de bave lui dégouline dessus.

— Vous voulez dire que c'est à cause d'eux que notre destin est entre les mains de Feulkhan?! Je vais me régaler je le sens. Quand j'en aurai fini avec toi, ce sera le tour de ton frère, puis j'irais trouver vos amies et je leur réserverais le même sort! Argh!!!

— Non arrêtes, cri Cystop! Ils étaient venus sans aucune connaissance de notre monde. L'une des leurs se nomme Lisbeth, c'est une descendante de Lena. Elle a eu possession du Molvar et est venu nous rencontrer. Ils ne pouvaient pas savoir où tout cela les mènerait. Le fautif, c'est Feulkhan. Nous devons nous unir au lieu de nous entretuer, sans quoi, s'en sera fini de Toulghar.

Le garou, la gueule grande ouverte sur le visage de Peter, se retire de sa proie lentement. Il saisit les deux frères à chaque bras par le coup, les décollant du sol.

— Vous avez de la chance d'être avec les alfats. J'ai foi en ce peuple. Autrefois, ils ont soigné et guéri bon nombre d'entre nous. Sans eux, je n'aurais fait qu'une bouchée de vous deux.

Sur ces mots, il repose les deux jeunes garçons impuissants, puis se retourne vers les alfats prenant une profonde inspiration pour se calmer. Cystop ne le lâche pas des yeux, il poursuit.

— Nous pouvons compter sur vous?

Le garou reste muet, les sourcils froncés sur ses grands yeux luisants. Il marque un temps de réflexion puis acquiesce d'un signe de la tête, avant de s'engouffrer dans la pénombre des montagnes aussi vite qu'il est venu. Palium rejoint Peter et Sven.

— Je vous avais mis en garde! La prochaine fois, faites ce que je vous dis. Maintenant, vous saurez que votre venue n'est pas prise d'un très bon œil par tout le monde. Laissez nous prendre les devants à l'avenir, ils seront plus magnanimes avec des alfats qu'avec des humains. Reprenons notre route, nous ne sommes plus très loin.

Sans un mot, les garçons reprennent la marche vers le sommet. Ils ont appris beaucoup aujourd'hui et sauront faire preuve de retenue et d'humilité dans le futur. Ils n'ont pas la même connaissance de

Toulghar que de leur monde. S'ils veulent survivre, ils devront suivre certaines règles.

Linn est partie s'isoler à quelques minutes de marche de ses amies. C'est comme ça qu'elle se ressource, la solitude lui fait un bien fou parfois. Leur objectif n'est toujours pas en vue, elles pensent s'être perdues dans cet environnement hostile. Malna les rassure comme elle peut, mais elle devient de moins en moins convaincante. Aucun elfus en vue depuis leur départ, elles sont épuisées et à bout de nerfs. Progressant dans le même environnement forestier depuis des jours, Linn arrive à une clairière qui diffère légèrement des autres lieux qu'elle a pu rencontrer. Les fougères sont remplacées par des champignons et la mousse par un tapis de fleurs molletonnées, comme des graines de pissenlits attendant une brise pour se laisser transporter. Mais plus belle encore est la lumière qui filtre à travers les feuilles des arbres en mouvement. Des petites choses étincelantes semblent profiter des quelques rayons de soleil perçants. Elle n'arrive pas à distinguer s'il s'agit de minuscules insectes volants ou de particules échappées de ces fleurs. Linn décide de s'allonger dans cet endroit féérique et contemple le ciel à travers la cime des arbres géants. Puis elle ferme les yeux, les bras et les jambes en croix, elle écoute les doux sons de la nature. Le bruit des feuilles est dissimulé derrière des sifflements d'oiseaux exotiques. Elle distingue même quelques cris étouffés de petits rongeurs.

À la mesure des bruits alentour, de légers battements d'ailes entrent dans cette symphonie harmonieuse. Le son qu'ils produisent est identique à celui des ailes de libellules associées à des petits sifflements. Jusque-là elles se faisaient plutôt discrètes, mais les voilà qui s'intensifient de plus en plus. Linn ouvre les yeux, s'interrogeant sur tous ces bruits. La bouche grande ouverte, elle assiste médusée au spectacle magnifique qui se met en scène autour d'elle. Des centaines de minuscules êtres brillants, volent en tous sens au-dessus de sa tête. Jusque-là, elle ne parvient pas clairement à les distinguer, mais à mesure qu'ils s'approchent, elle devine les formes. Des créatures pas plus grandes qu'un pouce, d'apparence humaine, dont la structure brille comme des étincelles, s'agitent grâce à des ailes dentelées. Elle en est convaincue, ce sont des elfus. L'une d'elles vient se poser sur un champignon tout près de Linn. Les deux personnages s'observent en silence. Ils ont l'air aussi inquiet l'un que l'autre. Dans le lointain, on peut entendre les voix de Lisbeth et Hanna qui l'appellent. Elle se rapproche très vite, ce qui fait fuir immédiatement les elfus. Ils disparaissent derrière le feuillage des arbres en un éclair.

— Vous les avez fait fuir!

Mais qui, demande Lisbeth ?

— Les elfus! Ils étaient là. C'était plus beau que tout ce que j'ai pu voir jusque-là.

— Ils sont partis vers quelle direction, demande Hanna ?

— Je crois qu'ils sont toujours là, mais ils se cachent.

Malna les rejoint d'un pas lent et sûr. Elle a tout entendu de leur conversation.

— Ils ont toujours été présents, à chacun de nos pas. Ils nous observent. Linn a parfaitement compris la façon de les approcher. Pour leur prouver nos bonnes intentions, nous devons nous concentrer et ne faire qu'un avec la nature qui nous entoure. Quand notre énergie sera suffisamment concentrée, ils entreront en contact avec nous. On peut comparer çà avec une forme de méditation ou de repos spirituel. À présent, asseyez-vous, fermez les yeux et écoutez.

Durant quelques minutes, les jeunes filles se laissent guider par les indications de Malna. Elles entrent alors en communion avec les éléments qui les entourent. Les battements d'ailes sifflants refont leur apparition. Des lumières volent en tous points dans la clairière. Les elfus progressent, reprenant confiance envers leurs étranges interlocutrices. Linn est la première à ouvrir les yeux, elle espérait revoir ces êtres rapidement.

— Ils sont là, tout autour de nous, ouvrez les yeux, mais ne faites pas de gestes brusques.

Lisbeth et Hanna contemplent à leur tour le magnifique trésor qui leur est offert. Elles se relèvent lentement, tournant sur elle-même de façon à profiter un maximum du spectacle de lumières qui opère sous leurs yeux. Un elfus vient se placer devant Lisbeth, à une dizaine de centimètres de son visage. C'est une jeune fille ailée semblable à une fée sortie d'un conte. Volant sur place, elle s'adresse à elle d'une voix douce et sincère.

— Nous te connaissons bien Lisbeth, et savons vos intentions. Il est inutile de nous expliquer la situation. Bien sûr nous sommes avec vous dans cette tragédie et avec tous les êtres merveilleux de Toulghar. Nous avons déjà contacté quelques peuples et les avons ralliés à cette cause. Mais il reste encore beaucoup à faire. Nous serons les médiateurs, rien de plus. Nous refusons de nous battre, cela nous est interdit. En revanche, vous pouvez compter sur nous pour avertir chaque toulgharien d'une action à réaliser. Nous serons là à chaque fois que vous le souhaiterez. Il se peut que certaines créatures vous rejoignent sur votre chemin, n'ayez pas peur, elles vous seront plus utiles que vous ne le croyez. Malna vous guidera, j'en suis sûr. À présent, continuez votre route et gardez l'espoir.

L'elfus retourne près des siens. Ils se mettent à tournoyer à toute allure décrivant un cercle autour des filles et de Malna. Elles sont aspirées dans un tourbillon de lumière, leurs pieds ne touchent plus terre. Il leur est impossible de bouger, immobiles elles observent simplement la clairière qui s'enfonce. La cime des arbres n'est plus qu'à quelques mètres, elles peuvent apercevoir la lumière, des nuages, et enfin l'horizon. Une rivière en contrebas s'écoule vers une vallée. Malna connaît cet endroit, elle retrouve le sourire. De ce point de vue elle peut retrouver le chemin qui les ramènera au royaume d'Hyprès maintenant qu'elles ont accompli leur mission. Derrière elle Malna aperçoit la chaîne de montagnes noires où vit Feulkhan. Nils est sûrement là-bas, même s'il n'y a plus d'espoir de le retrouver en vie, elles devront y parvenir prochainement. Le tourbillon de lumière ralentit, faisant descendre progressivement les trois filles et l'alfat jusqu'au sol. Puis les elfus se dispersent au gré du vent, s'enfonçant dans l'épaisse forêt.

Chapitre 7

Copenhague, 03 avril 2015

L'I.M.U vient de prendre position dans l'orphelinat. Les militaires acheminent le matériel logistique jusque dans les chambres sous les yeux amusés des enfants. Il arrive même que certains se prennent à jouer pour détendre l'atmosphère. Seule la directrice de l'établissement, Ellen Jensen, extrêmement tendue, a du mal à cacher ses émotions. C'est une femme d'une quarantaine d'années, aimée de tous, qui se dévoue corps et âme pour les enfants. Il faut dire qu'elle a perdu les siens dans un tragique accident de voiture quelques années auparavant. C'est comme un exutoire pour elle que d'aider les orphelins. Mais aujourd'hui, ni sourires, ni paroles douces de sa part ne viendront égayer les murs de l'établissement. Elle s'est enfermée dans son bureau depuis l'arrivée des militaires. La journée passe, la tension augmente autant pour elle que pour les membres de l'I.M.U.

La nuit venue, les enfants se rassemblent dans la grande salle de jeux. La directrice veut leur dire un mot et surtout les rassurer.

— Mes chers enfants! Comme vous l'avez constaté, des militaires sont venus pour effectuer quelques contrôles dans notre établissement. Je suis particulièrement fière de vous et de l'accueil que vous leur avez fait. Je sais très bien que certains d'entre vous sont au courant de ce qui se passe en ce moment dans le monde, c'est pour cela qu'ils sont ici ce soir. Ils vont veiller sur vous, alors je vous demande de faire comme s'il s'agissait d'un soir identique aux autres. Vos surveillants vont vous accompagner dans vos chambres, puis les militaires vous rejoindront. Ils veilleront sur chacun de vous, vous pouvez donc dormir en toute confiance. Je vous aime mes petits…

Ellen tente de ne pas laisser ses émotions l'emporter et doit rester la plus neutre possible face aux enfants pour ne pas les inquiéter. Une boule monte dans sa gorge, elle sent les larmes envahirent ses paupières. D'une main discrète, elle cache une partie de son visage simulant une action de se gratter le front. Elle quitte la salle aussitôt, les laissant avec les surveillants. Puis le groupe part rejoindre les chambres dans le plus grand silence. Les enfants ne sont pas dupes, ils ont bien compris que ce soir n'est pas comme les autres. La directrice Jensen s'inquiète de ne pas les revoir le lendemain matin. Les moniteurs sont allumés, caméras et micros pointés en direction des lits. D'autres montrent une vue d'ensemble des chambres. Elles sont constituées chacune de deux lits superposés de part et d'autre d'une fenêtre donnant sur la rue. Un système de sécurité empêche son ouverture de plus de dix centimètres pour des raisons de sécurité, il serait donc improbable que le mal vienne de dehors. À tout hasard, le colonel Hotkins a fait placer quelques caméras au périmètre du bâtiment ainsi qu'à chaque accès. La surveillance est aussi accrue que pour le déplacement des plus grands chefs d'État. Les hommes sont postés au pas de chaque porte, armés jusqu'aux dents, attendant l'ordre d'intervenir. Ils devront patienter longtemps, car les enfants sont trop agités avec tout ce remue-ménage, pour trouver leur sommeil. Cinq militaires ont les yeux rivés sur les écrans de contrôle depuis des heures. Le café servit par le personnel de l'orphelinat, coule à flots. Les images sont toutes enregistrées, elles permettront, si un événement tragique arrive, de les décortiquer et d'en tirer des conclusions. Mais ce soir-là, c'est le calme absolu. Rien ne se passe, les yeux des gardes perdent peu à peu de leur concentration. Il est plus de cinq heures du matin, et toujours rien.

Le jour s'est levé, à la grande joie de chacun, surtout de la directrice, tous les enfants sont là, en bonne santé. Cela n'est pas pour autant fini, le colonel Hotkins vient de recevoir une information du quartier général de l'I.M.U.

Gentofte, située à quelques kilomètres de là, vient de subir des enlèvements d'enfants. Il ne resterait que ceux de plus de quinze ans en moyenne. À la vitesse où la malédiction des enfants se propage, il sait qu'elle frappera ce soir. Les consignes sont données aux vingt soldats d'en dire le moins possible au personnel ainsi qu'aux enfants. Officieusement, ils restent une nuit de plus pour s'assurer que tout ira bien dans les prochains jours.

Officiellement, les hommes se préparent au pire. Ils profitent de la journée pour récupérer leur manque de sommeil. La nuit tombe de bonne heure sur Copenhague. Un silence divin s'installe sur la ville, les membres d'élite se tiennent une fois de plus à leur poste. La tension est palpable, cette fois c'est la bonne, ils le savent.

04 avril 2015, 03 h 12 AM

Une minuscule lueur fait son apparition sous un lit. L'orientation des caméras ne permet pas de la distinguer clairement, jusqu'à ce qu'elle s'intensifie. Une ombre apparaît, se trainant lentement vers le centre de la pièce. Elle ressemble à un bras, mais il est bien trop grand pour ça.

Puis elle s'élargit dévoilant sa sombre apparence. Le militaire chargé de la surveillance de cette chambre a perdu de sa concentration quelques instants, à cause de la pression et du manque de sommeil sûrement. Pourtant ces secondes sont précieuses, la bête s'avance vers le premier lit. Elle place ses grands doigts sur la tête de l'enfant endormi, l'autre main parvient à atteindre le lit se trouvant au-dessus. Les mêmes gestes se répètent. Sans les réveiller, elle leur injecte ce liquide visqueux dans leurs entrailles. La transformation opère, mais le garde ne le constate toujours pas. Ce même phénomène est en train de se produire dans les autres pièces. Cette fois, à peine les premières ombres manifestées, les quatre hommes déclenchent l'alerte, ce qui réveille leur collègue endormi. Face à l'horreur, il se sent coupable de ce qu'il vient de se passer. Immédiatement, il quitte son poste de contrôle et court vers la pièce où se passe le drame. De leur côté les quinze autres militaires interviennent. Les cinq chambres sont prises d'assaut, faisant sursauter les enfants. Le bruit est tel que la directrice Jenssen endormie au rez-de-chaussée est réveillée. Immédiatement elle accourt à l'étage en panique. Les hommes se trouvent face à des créatures démesurées. Leur apparence hideuse et leur taille les freinent dans leur action un court instant, jusqu'à ce que le colonel donne un ordre général par radio.

— Ordre de faire feu! Abattez-moi ces saloperies!

La scène qui suit est tragique. Les enfants assistent à une lutte acharnée entre l'armée et ces monstres venus les enlever. Ils sont terrifiés, de plus le vacarme produit par les balles sifflantes est insupportable. Leurs hurlements ne parviennent pas à couvrir le bruit incessant des fusils d'assaut. La bête qui avait réussi à bâillonner deux enfants, parvient à s'extraire d'où elle est venue. Ses proies sont malheureusement emmenées avec elle. Les soldats ayant pris position n'ont pas eu le temps de la neutraliser. Dans les chambres voisines, les autres créatures se font cribler de balles, trois d'entre elles réussissent à s'échapper sous les lits. Immédiatement, la lumière s'éteint, refermant le portail vers Toulghar. La dernière n'a pas eu cette chance, le commando déchaine toute sa puissance de feu sur elle. La frappe est telle que des lambeaux de chairs noires explosent sur les murs. La fenêtre est pulvérisée sous l'impact des balles. Les enfants cachés sous leur couverture tremblent de terreur, ils ne voient pas le spectacle horrible qui se passe dans leur chambre. Le faucheur tombe à genoux, dans d'effroyables douleurs. Ses cris semblent venir d'outre-tombe, un liquide noirâtre s'écoule de toutes les parties de son corps. Il tombe à plat ventre au pied des soldats. Ses bras étendus, il tente de ramper vers la lumière, mais un soldat lui tire une ultime balle dans la tête. La bête s'effondre au sol et la lumière se referme. Ellen Jensen est parvenue jusqu'à la chambre. Le colonel Hotkins est déjà sur les lieux, il tente de l'empêcher d'entrer, mais sa détermination est plus forte. Elle réussit à s'engouffrer dans la chambre d'un mouvement d'épaule. Ce qu'elle voit dépasse tous ses pires cauchemars. La pièce ressemble à un champ de bataille, une épaisse fumée l'envahit du sol au plafond. Les murs autrefois blancs sont recouverts de cette matière noire et putride. Mais le pire se dévoile devant les yeux des soldats et de la directrice. Le faucheur mort, change d'apparence.

Sa masse osseuse rapetisse, sa structure charnelle blanchit prenant les traits d'un humain. Au fur et à mesure de sa métamorphose, la silhouette d'un enfant de dix ans apparait. Il n'est pas un centimètre qui ne soit épargné par les balles. Les visages palissent, ils ne s'attendaient pas à cela. Ils viennent d'ouvrir le feu sur un enfant et comprennent qui sont ces bêtes. Les deux autres orphelins, encore sous leur couverture sont emmenés hors de la chambre pour ne pas voir le carnage. Une fois dans la salle de jeu, tous les enfants restent sans voix. Leur traumatisme est tel qu'aucun d'entre eux ne parvient à s'exprimer. Leur mutisme révèle de graves séquelles qui les hanteront toute leur vie.

Durant les jours suivants, les médias font un effet boule de neige sur cette affaire. Malgré une telle bavure, l'I.M.U n'est pas démantelée. Seuls le général Ibanov et le colonel Hotkins sont traduits en cours martial pour leurs actes irréfléchis envers une population infantile.

Pour la première fois depuis le début de cette invasion, Feulkhan vient de subir des pertes. Il doit revoir sa façon d'opérer. Touché dans son orgueil, il hurle de colère, abattant ses mains puissantes sur les piliers et les rochers de la grotte. Les murs s'effritent, faisant tomber des fragments au sol. Une fumée prend possession de la salle la rendant presque irrespirable. Personne n'oserait s'interposer devant la colère de Feulkhan au risque de mourir, pourtant le saural tente une action envers son maître.

— Je vous en prie, arrêtez! Vous allez finir par tous nous tuer et de ce fait, vous ne pourrez jamais mener à bien votre destinée. Il y a un autre moyen.

La raison l'emporte sur l'impulsivité. Feulkhan cesse un instant de se déchaîner sur son palais; il écoute son bras droit.

— Que veux-tu dire par un autre moyen?

— Imaginons que vous vouliez envahir Toulghar directement, sans toucher à ce monde d'infâmes humains. Par quel peuple commenceriez-vous? Des griiars ou des alfats? Le plus sûr serait de s'en prendre aux plus faibles et de les rendre à votre image pour les envoyer combattre les plus forts. Je pense que cela doit être la même chose chez les humains. Il doit certainement y avoir des peuples moins protégés que d'autres, moins évolués et moins forts.

Le visage de Feulkhan change, dessinant un large sourire sadique. Les humains s'attendent à une nouvelle attaque près de la dernière ; ils seront pris par surprise. La prochaine se fera dans une région du globe peu habitée et particulièrement vulnérable. Immédiatement, il se munit du Molvar et se met à ouvrir une dizaine de portes, se concentrant sur un nouvel objectif. Des faucheurs envoyés en éclaireurs, s'y engouffrent. Le cercle vicieux se perpétue une fois de plus. À chaque entrée dans une de ces portes, un faucheur sort d'une autre, une proie à la main. Les enfants s'agitent en tous sens dans des hurlements de terreur. Rares sont ceux qui finissent comme esclaves, la plupart subissent l'inévitable mutation. Des ethnies entières sont rapidement décimées au fil des jours.

Chapitre 8

Les peuples de Toulghar ont commencé leur rassemblement. Certains alfats sont encore à la recherche de combattants, mais la grande majorité est rassemblée près des mines d'Ebes où se donnent à la tâche les grils aidés de Peter et Sven. Ce peuple si connu pour son savoir dans l'art de la forge ne sort que très rarement de son environnement. Le dos trapu, usé par leur dur labeur semble presque anodin à côté de leur imposante stature. Une peau extrêmement pâle recouvre leur musculature gracieuse. Tous ont cette particularité d'avoir des cheveux blancs et des yeux bleus comme la nuit. Leurs traits de visage se différencient de ceux des humains en quelques points. Un œil situé au-dessus du front leur permet une vision nocturne. Tout comme aux poissons de grande profondeur, un appendice situé à côté de cet œil s'illumine à mesure qu'ils pénètrent dans l'obscurité des mines. L'endroit est plutôt rocailleux et escarpé. Quelques ruisseaux creusent les falaises abruptes pour finir leur chute dans des poches d'eau se rejoignant vers un lac immense. Des cordages liés sur quelques planches de bois permettent l'ascension de ces parois rocheuses sans une certaine difficulté. Peter et Sven oublient chaque jour cette peur du vide qui les hantait à leur arrivée.

Ils se hissent jusqu'à des cavités creusées par les grils donnant accès à des richesses sous-terraines. De nombreux minerais y sont extraits, par des moyens rudimentaires. Les grils forment une chaîne jusqu'en contrebas, faisant passer de main en main les lourds sacs de métaux emprisonnés dans leur enveloppe de pierre. Vue d'en bas, la longue chaîne se définit comme des centaines de fourmis au travail.

Au même endroit, les attendent d'autres grils, acheminant la précieuse marchandise dans des charrettes tirées par des créatures à l'apparence de limaces et de reptiles. Leur corps long de trois mètres aussi haut qu'un éléphant se contracte et se déploie comme une chenille. Les écailles sur leur dos font un bruit de maracas à chaque déplacement. Comme des bœufs, ils sont attachés solidement aux charrettes, souvent par groupe de deux, au moyen de jougs fixés sur le pourtour de leur large tête. Le convoi trace un chemin vers des plateaux sablonneux, contournant la gigantesque étendue d'eau.

C'est le soir, Peter et Sven sont épuisés ; ils montent sur l'une de ces charrettes pour rentrer au village. La relève se fait, d'autres grils travailleront toute la nuit dans la poussière et l'humidité.

— Tu crois qu'on en verra la fin un jour, demande Sven à son grand frère?

— J'espère, il faut garder espoir.

— J'aimerais savoir comment vont les autres depuis tout ce temps.

— Moi aussi, répond Peter d'un air déconcerté.

Au bout d'une heure de route, le convoi arrive enfin au village des grils. D'immenses pylônes marquent l'entrée. Ils sont conçus à partir des minerais acheminés. Le soleil rasant à cette heure vient se refléter dessus comme dans un miroir, ce qui permet de le voir depuis la ligne d'horizon. Dans ce paysage de dunes ensablées, se dressent fièrement les habitations faites de sable et de poudre de minerais. Elles forment des dômes luisants aux reflets du soleil, dans lesquels des ouvertures rondes comme des hublots permettent le passage de la lumière extérieure. Au centre du village, une tour de plus de cent pieds se décrit comme la maîtresse des lieux. Au sommet est rejetée une fumée blanchâtre. Elle sert à la fois de cheminée pour la fonderie et de tour de guet, où une dizaine de grils scrutent l'horizon à tour de rôle. Tout est calme dans ce village d'habitude, mais aujourd'hui c'est un peu différent. Peter et son frère descendent de la charrette épuisés du voyage. De nombreux grils se sont attroupés sur la grande place, près de la tour. Ils s'avancent pour y voir plus clair et comprendre le but de ce remue-ménage. À mesure de leur progression, ils distinguent des cris de joie dans la foule. Quelques grils applaudissent, d'autres sautent en tous sens. Jouant des épaules tant bien que mal, ils parviennent finalement à se frayer un chemin au centre de la foule. Ils n'en reviennent pas. Les bras ballants, les deux frères restent sans voix. Ils attendent ce moment depuis des jours et finissaient par perdre espoir de retrouver leurs amies. Lisbeth, Linn et Hanna les ont enfin rejoints. Elles ne sont pas seules ; plusieurs des créatures qu'elles ont pu rencontrer durant leur longue chevauchée les ont suivies. Les garçons s'avancent vers leurs amies, avec prudence. Ils ont appris à leurs dépens à se méfier des réactions de certains toulghariens. Peter sert dans ses bras Lisbeth, puis il s'approche de Hanna le regard inquiet.

— Vous n'avez toujours pas eu de nouvelles de Nils?

Hanna ne répond pas. Son silence veut tout dire. Elle baisse les yeux, le chagrin la submerge. Immédiatement, Sven et Linn la prennent dans leurs bras pour la réconforter.

— Ce n'est pas un jour pour pleurer, dit Lisbeth. Allons fêter nos retrouvailles. Et voyez plutôt, nous ne sommes plus seuls pour affronter Feulkhan.

D'un signe de la main, elle décrit ses nouveaux compagnons de route. Peter et Sven marquent un léger rictus en voyant le garou. Ils ne savent plus s'ils doivent se présenter à lui ou l'ignorer. À ses côtés, se trouve un petit être à l'apparence d'une plante. Ne mesurant pas plus d'un mètre, il parait inoffensif, pourtant son secret renferme un pouvoir des plus destructeurs. Sa chevelure est composée de plusieurs lianes entrelacées, ses membres sont recouverts d'une fine écorce d'arbre. Son aspect humain laisse croire à un déguisement qu'aurait enfilé un enfant de cinq ans pour Halloween. Les garçons sont interloqués. Un elfus les rejoint rapidement et se présente à eux.

— J'ai entendu parler de vous, je suis un elfus. Comme chacun de mes semblables, je ne porte pas de nom, nous savons communiquer par la pensée, il nous est donc inutile d'en posséder. Vous connaissez déjà les garous, il me semble. Mais laissez-moi vous présenter Plum, c'est l'un des derniers de son espèce, les Palbéras. Mi-homme, mi- plante, ils ont la faculté de développer des sujets à leur image. Leurs créations peuvent être énormes. Ils peuvent également entrer en contact avec le monde végétal et réveiller certains d'entre eux. Voilà pourquoi, ils sont un atout important dans cette quête.

Continuant de survoler au-dessus des têtes des deux frères estomaqués, l'elfus se met à décrire des cercles de lumière de plus en plus rapides. S'élevant vers le ciel étoilé, elle illumine une créature volante s'approchant du village à toute allure. Les garçons n'en croient pas leurs yeux. Un dragon amorce une descente rapide. À une dizaine de mètres du sol, il bat des ailes pour ralentir, prenant appui sur ses pattes arrière, puis il se pose avec grâce. Le nuage de poussière qu'il vient de provoquer le rend presque invisible. L'elfus redescend et s'adresse à nouveau à Peter et Sven.

— Il nous faut également un moyen de transport rapide et puissant. Nous avons pensé qu'il serait bon de rallier à notre cause quelques dragons. Ne prêtez pas attention à la réputation qu'on leur donne, ils sont dociles et facilement apprivoisables. À présent, il est temps pour chaque représentant d'un peuple toulgharien, de se réunir afin d'élaborer un plan.

Linn et Hanna partent bras dessus, bras dessous vers une hutte, afin de célébrer leurs retrouvailles. Ce soir l'ambiance est à la fête, sauf pour Lisbeth qui doit rejoindre les autres représentants dans la salle principale. Un chemin de pierre mène jusqu'à un édifice colossal. C'est la plus grande construction hormis la tour, de tout le village. Des têtes de grils ont été sculptées dans la roche sur tout le pourtour du dôme. Deux grandes portes massives s'ouvrent lourdement. À l'intérieur, le spectacle est magnifique. Des torches se reflètent sur la dorure qui compose la décoration principale de la salle. L'or fait partie des nombreux minerais de valeur que rassemblent les grils. Pour eux leur valeur n'est pas la même, ils y attachent plus d'importance pour son esthétisme que pour son symbole monétaire. Au milieu de la pièce est dressée une table ronde en argent. Elle est si belle que Lisbeth y voit le haut du dôme s'y refléter comme dans un miroir. Les fauteuils, d'un mélange d'or et de bronze l'encerclent avec symétrie. Chacun prend place en silence, respectant ce lieu culte. Nolhan prend un air sérieux, regarde l'assemblée siégeant autour de lui et s'adresse à elle.

— Je n'espérais pas un jour me retrouver assis à côté d'autant de représentants différents. Même si cela m'honore, j'aurais souhaité que cela n'arrive jamais. Feulkhan à ce jour doit être bien plus fort que Toulghar ne l'a jamais connu. Son armée se compte par centaines de milliers et dans les prochains jours, des millions de ses fidèles seront prêts à nous envahir. Le fait d'être tous rassemblés signifie notre détermination à nous mobiliser contre le mal. L'un de nous n'a pas pu être là du fait de son imposante stature. En effet, j'ai eu l'appui des griiars, ils nous attendent aux portes du village. Pour l'heure, il est capital de déterminer le rôle de chacun dans cette bataille.

Soudain, l'elfus tournoie au-dessus de la table argentée décrivant des cercles elliptiques, puis elle s'immobilise et dit :

— Nous ne gagnerons jamais cette guerre sans Lisbeth. Il ne faut pas oublier le but de cette bataille, permettre à Lisbeth de récupérer le Molvar. Non seulement, elle mettra un terme à l'accroissement de son armée, mais elle pourra en finir définitivement avec Feulkhan. Comme vous le savez, les elfus sont un peuple pacifique. Par conséquent, nous ne prendrons pas parti dans cette guerre, du moins pas par la force. C'est pourquoi, nous sommes volontaires afin de guider Lisbeth dans sa quête. Nous l'escorterons, dans le respect de nos traditions.

Le chef des grils, Falghot, acquiesce d'un signe de la tête, puis il abat son poing massif sur la table et prend un ton sévère.

— Nous ne sommes pas des combattants, mais nous sommes vigoureux et nous ne reculons pas devant le danger. Notre peuple est prêt à se présenter en première ligne.

— Le mien aussi, rétorque le garou en grognant.

Les poings se dressent en l'air, manifestant leur enthousiasme à combattre ensemble. Pourtant un seul reste muet ; sagement assis au fond de son fauteuil, Plum observe les chefs avec la plus grande attention. Nolhan connait bien ce peuple et les pouvoirs qu'il recèle. Il lui est même arrivé autrefois d'aider l'un des leurs en le soignant. Les deux êtres se regardent du coin de l'œil dans l'indifférence de l'assemblée.

—Nous serons utiles pour soigner les blessés et nous nous trouverons en base arrière, dit-il. Mais il ne faut pas oublier notre ami le palbéras. Il devrait nous servir à nous protéger et envahir leurs lignes de défense.

Le garou glousse dans sa moustache, suivi par Falghot qui lance au palbéras, quelques moqueries:

— Et que sais-tu faire mon petit? Je dois avouer que j'ai du mal à croire que ta si petite carrure va tous nous sauver. Ah, ah!

— Il ne faut pas se fier aux apparences, répond l'elfus. Est-ce que c'est par ma taille que vous me jugez? Pourtant, nous sommes capables de rassembler des peuples puissants, beaucoup d'entre vous sont là grâce à nous d'ailleurs. Ne vous méprenez pas sur sa force, elle est de loin plus grande que vous ne l'imaginez.

Les ricanements cessent aussitôt, tous reprennent leur discussion avec humilité. Il est tard et Lisbeth a bien du mal à se concentrer sur la conversation, mais elle lutte de toutes ses forces. Elle ne veut pas en rater une seconde. La motivation est tout ce qui lui reste, la culpabilité et le remord en font une fille décidée et affirmée.

Dans la hutte où se sont retrouvés les autres, un feu est allumé au centre de la pièce. On y cuit des légumes et quelques insectes, ce qui reboute un peu le groupe d'adolescents. Ils n'ont que çà à se mettre sous la dent et meurent de faim. Peter et Sven sont un peu habitués à cette nourriture depuis quelques jours, quant aux filles, c'est une autre histoire. Une femme grils lui tend une assiette en terre cuite contenant le mets redouté. Au menu, des criquets et des limaces grillés. La mine des deux jeunes filles veut tout dire sur leur appétence à engloutir ce genre de nourriture. Sven se rapproche de Hanna, il prend délicatement une limace de son assiette et la met à sa bouche pour la rassurer. Peter en fait autant avec Linn. Les deux filles suivent les garçons d'une triste mine. La déglutition ne se fait pas sans mal, ce qui amuse les deux frères. Aussitôt, Linn et Hanna rient aux éclats. Ils finissent le repas dans la joie et la convivialité des hôtes. Au fur et à mesure que la soirée s'écoule, Peter et Sven redoublent de gestes attentionnés, ce qui ne laisse pas indifférentes les filles. Linn s'est trouvé une épaule protectrice sur Peter, Hanna s'est blotti dans les bras de Sven. Ils se remémorent les moments passés à Hemligstad. Rien n'aurait pu laisser croire qu'une complicité aussi forte s'installe entre eux. Bien au-delà de tout ce qu'ils ont pu voir jusqu'ici, une nouvelle forme de magie est en train d'opérer. Les doigts hésitent à se toucher, les caresses saccadées prennent plus d'assurance, les regards se croisent. Des flammes illuminent les yeux de Linn et Peter, ce n'est pas seulement le reflet du feu, mais la passion qui les dévore. Hanna a blotti sa tête dans le creux de l'épaule de Sven, leurs doigts se sont entremêlés. Les deux garçons brûlent d'envie de les embrasser, mais ils maintiennent une distance. Les filles elles aussi, sentent le désir monter en elles, il est tellement plus intéressant de savourer cet instant présent, de se rapprocher doucement l'un vers l'autre avant d'ouvrir son cœur. Peter et Sven savent qu'ils ne doivent pas brusquer les choses, ils se contentent de gestes affectueux et passionnés durant la nuit, sans aller plus loin.

Quelques heures plus tard, Lisbeth entre dans la hutte. À la lueur du feu presque éteint, elle aperçoit les deux couples endormis. Elle se doute bien de ce qu'il se passe entre eux ou ce qu'il va se passer, ce qui l'émeut quelque peu. Son regard s'abaisse, elle se sent seule. Elle aussi voudrait avoir sa part de bonheur dans cette aventure, d'autant qu'elle n'est pas parmi les premières prétendantes de son école dans le domaine de l'amour. À cet âge, les enfants essayent de devenir des adultes, les sentiments amoureux font partie d'une étape importante dans l'adolescence. Que deviendra-t-elle exclue de ce bonheur à Toulghar ?

Elle sort de la hutte en larmes et part se réfugier aux portes du village. Une fois franchies, elle aperçoit un groupe de cinq griiars, assis paisiblement en cercle. S'avançant vers eux prudemment, elle hésite à dire un mot. Les sanglots l'empêchent de s'exprimer. Soudain, la main d'un griiar se soulève de terre. Elle se pose délicatement aux pieds de Lisbeth qui y voit une marque de réconfort. Aussitôt montée dessus, la main se retire et vient se placer près de la poitrine du colosse. Ce berceau de pierre est peu confortable, mais tellement réconfortant à ses yeux. Collant sa tête près du cœur du griiar, elle entend un battement lointain, semblable à d'énormes blocs de pierre entrechoqués. Le rythme régulier la berce, ses yeux levés vers le ciel contemplent les lunes de Toulghar parmi les aurores boréales et les étoiles scintillantes, comme des lucioles en pleine parade nuptiale. Un léger souffle de la bête vient chatouiller sa chevelure, Lisbeth trouve son sommeil peu à peu.

Chapitre 9

05 mai 2015, Malaisie, Kuala Lumpur

L'I.M.U vient de transférer son quartier général dans cette zone. Elle fait partie de celles qui sont le plus visées par ces attaques contre les enfants. Des campements de fortunes ont été installés avec l'aide des habitants. Désormais, la base est opérationnelle et hautement gardée. La presse a eu écho de la tragédie à Copenhague, le monde est scandalisé par de tels agissements. Des caricatures d'enfants embrochés comme appâts au bout d'un hameçon géant, ont fait la première page des journaux et de nouveaux dirigeants ont été nommés à la tête de l'I.M.U. Pourtant, il semble que l'histoire se répète inlassablement. Cette base reculée du monde occidental et de ses médias trop curieux, leur permet une fois de plus, de s'essayer à des agissements peu scrupuleux. Dans la salle de commandement, quelques gradés mettent en place un nouveau plan ayant pour but d'infiltrer ce nouveau monde. Un moniteur géant affiche une vidéo en 3D d'une chambre d'enfant. On peut y voir un robot tracté par des chenilles traversant le passage de lumière. Celui-ci, au moyen d'une caméra embarquée filme son excursion. Les lumières de la salle se rallument, un officier prend la parole, le général O'Brian.

— Messieurs, les gouvernements nous recommandent la plus grande discrétion sur cette opération. N'oublions pas le fiasco médiatique de la dernière. Il nous est impossible d'infiltrer notre ennemi et de nous renseigner sur ses agissements sans l'aide d'enfants. Je sais que cela peut paraître inhumain, mais nous sommes là avant tout pour répondre aux ordres. C'est pourquoi, nous agirons dans notre propre camp. Le mal se rapproche de la base, nous l'attendons dans trois jours au plus tard. Un piège sera tendu par un groupe d'élite qui en profitera pour infiltrer une sonde-espionne. Je laisse le soin de cette opération au colonel Savage.

Le colonel se lève de sa chaise fièrement, il salue le général avec droiture et s'adresse au reste de la salle. C'est un homme d'origine française d'une quarantaine d'années, décoré de nombreuses fois pour ses actes de bravoure sur le terrain. Sa réputation n'est plus à faire, pourtant son humilité met un doute quant à l'obtention de son poste. D'autres sont sûrement plus affirmés que lui pour ce genre de travail. Il n'est pas du genre à mettre en avant ses qualités, pourtant derrière son uniforme strict se cache un humanisme exemplaire. Il est d'ailleurs effrayé par une telle mission et cherche un moyen de la rendre la plus sécurisante possible pour les enfants. Ce qu'il ne sait pas, c'est leur provenance. Il a bien fallu en trouver sans se soucier de l'aval des parents ou des proches. Il suit scrupuleusement l'ordre de mission en le rendant le plus sûr possible. Pointant une carte de la base, il décrit la manœuvre aux autres officiers. Parmi eux, des responsables de logistique ou de transmission, d'autres en armement, mais tous ont une expérience significative sur le terrain. Des dizaines de caméras sont installées dans un dortoir aménagé à l'intérieur d'un hangar. Il est composé de trente lits pour enfants, alignés de façon parfaitement rectiligne. Derrière de larges portes situées de part et d'autre de la salle, se positionneront les soldats d'élite, prêts à intervenir dans la seconde. Un filet est fixé au plafond, il servira à emprisonner la bête. Les soldats équipés de vision nocturne, agiront dans l'obscurité totale. Une fois cette première étape passée, une sonde prêtée par la NASA sera envoyée dans le passage encore ouvert, elle pourra ainsi transmettre un maximum de données sur l'environnement inconnu.

7 mai 2015, base de l'I.M.U

Le colonel Savage fait les cent pas. Il remonte sans cesse un long corridor menant au dortoir. Des gouttes de sueur coulent le long de sa joue, ce qui ne lui ressemble pas. Il est plutôt du genre à se maîtriser, mais il y a quelques exceptions. Il vient de recevoir un mandat de réception donnant autorisation aux trente enfants, d'entrer dans la base. Ce n'est pas la peur qui domine cet homme, mais la colère. Aucune précision n'est apportée sur la provenance des enfants, ni des parents. Profitant de l'arrivée sur les lieux du général O'Brian, le colonel Savage l'intercepte afin de tirer cela au clair.

— Mon général, je viens de recevoir les dossiers concernant les enfants. Comment se fait-il qu'aucun lien de parenté ne soit mentionné?

— Nous avons dû faire face à une pénurie dans ce domaine. En effet, bien peu de parents se portent volontaires dans ce cas-là. Quelques-uns viennent de la rue, abandonnés ou orphelins. D'autres nous sont prêtés par des villageois surendettés en contrepartie de quelques billets.

— Comment pouvons-nous agir ainsi, ce sont des enfants tout de même, pas des animaux et encore moins une monnaie d'échange?

— Même si cela vous parait inhumain, nous devons mener à bien notre mission. N'oubliez pas que c'est grâce à ces enfants que nous pourrons mettre un terme à cette invasion. Reprenez-vous et ne nous décevez pas.

— Bien mon général. Mais si quelque chose arrivait à l'un de ces enfants, je vous remettrais ma lettre de démission et mes galons.

Aussitôt, le général reprend son inspection des lieux. Une brèche s'est ouverte entre les deux hommes, il aurait dû lui parler de tout ceci bien avant.

Le soir venu, les enfants entrent dans leur chambre de haute sécurité. La tension est palpable dans le camp des militaires. Les bambins y voient là un amusement, mais surtout un confort. La plupart d'entre eux n'avaient pas mangé à leur faim depuis plusieurs jours, ils dormaient à même le sol, entre les poubelles et les cartons servant de couvertures. Ce hangar aménagé où chacun peut dormir dans une vraie literie est au-dessus de leurs espérances. La joie se lit sur leur visage, seuls les militaires ne la partagent pas. Le colonel vient à leur rencontre, il ne parle pas leur langue, mais connait le langage universel des signes et celui des enfants. Son souhait est de rendre cette mission un peu plus humanitaire et la plus digne possible pour ceux qui vont l'exécuter. Il sort de son sac U.S plusieurs poches de bonbons et les distribue aux enfants médusés. Certains découvrent ces merveilles sucrées pour la première fois. La culpabilité se lit sur son visage, il tente de dissimuler ses angoisses du mieux qu'il peut. Se redressant, il sort de la salle ému et va s'adresser aux soldats d'élite postés à l'extérieur.

— Messieurs, je compte sur vous pour que tout se passe avec le plus de précautions possible. Agissez vite et bien! Imaginez que ce sont vos enfants à l'intérieur et je pense qu'on devrait éviter le carnage. Je ne devrais pas vous dire ça, mais je suis contre de telles mesures. Agissant sous des ordres supérieurs, je ne peux pas les refuser, néanmoins je compte sur vous pour ne pas choquer les enfants. J'ai pris l'initiative de mettre des somnifères dans les friandises évitant qu'ils soient conscients lors de l'assaut. Bien sûr, je fais appel à votre discrétion à ce sujet. Bon courage, rompez!

Les soldats se mettent en place à leur poste stratégique. Ils encerclent le hangar pendant que le colonel regagne le poste de contrôle. Les caméras sont allumées, les sondes thermiques affichent les variations de température dans les différents coins de la pièce. Cette fois les mesures sont prises pour assurer une efficacité optimale. Les moyens sont démesurés et plusieurs équipes sont prêtes à se relayer. Tout est en place pour commencer, il ne manque plus qu'un élément, le faucheur.

La nuit est tombée, un silence de plomb s'est installé sur la base. Les enfants ont réussi à trouver leur sommeil grâce aux somnifères. Seules les caméras s'agitent en balayant le dortoir de gauche à droite. Derrière cette salle, des dizaines de lumières illuminent les pupitres surveillés par des militaires. Les heures passent, la tension ne cesse de monter. Tous les gardes sont à leur poste, prêts à intervenir. Trois relèves de deux heures se sont déjà faites, et toujours aucun signe d'intrusion. L'adrénaline circule dans les veines de chacun, se mélangeant à une quantité importante de caféine ingurgitée au long de la nuit.

03 h 16 AM,

Une minuscule lueur jaillit sous un lit. Les sondes thermiques captent une brutale chute de température dans la pièce, ce qui met immédiatement en activité des alarmes muettes. À partir de cet instant, toutes les images prises par les caméras sont enregistrées, ainsi que toutes autres données. Le filet en place au-dessus des lits, est prêt à être lâché. Un des militaires chargés de cette opération a le doigt sur les commandes. Ses yeux rivés sur les écrans de contrôle, il attend impatiemment les ordres du colonel. À mesure que la porte lumineuse s'ouvre, une ombre entre en scène. Des doigts répugnants se posent sur le sol, avançant avec lenteur imitant le corps d'une mygale géante. Un bras sort à son tour, puis le deuxième, et enfin une tête hideuse.

— Tenez-vous prêts…chuchote le colonel dans les radios portatives.

La bête se déploie au-dessus d'un lit. Ses bras démesurément grands, l'encerclent avec aisance. Il approche sa main au-dessus de la bouche de l'enfant. Les regards sont inquiets, les doigts tremblent sur la gâchette des fusils d'assaut. Soudain, le faucheur stoppe. Il se retourne et scrute la salle comme s'il sentait venir le danger. Observant son environnement, il tourne sur lui-même feint de s'assurer que les lieux sont sûrs. Puis il retourne vers sa proie silencieusement et vient poser sa main sur le visage du pauvre chérubin inconscient.

— Maintenant, crie le colonel !

Aussitôt le dispositif se met en place, la commande du filet est actionnée lâchant celui-ci sur le faucheur. Les portes de chaque côté du dortoir sont propulsées avec violence, des militaires envahissent alors la pièce, se ruant sur la bête capturée. Elle se débat dans des hurlements de colère, tentant de regagner sa tanière, mais sans succès. Les hommes postés autour d'elle se jettent dessus, l'immobilisant au sol. Puis les autres leur prêtent main forte, ils l'enroulent dans le filet et l'extirpent de la pièce. Quelques enfants montrent des signes d'agitation, une seconde équipe entre alors dans le dortoir et prend possession des lieux. Dans le plus grand silence, ils tirent les lits sur roulettes hors de la pièce, les acheminant vers un hangar en tous points identique. Le colonel et une équipe de chercheurs s'approchent de la source lumineuse. Un robot tracté par des chenilles avance lentement à leurs côtés. Ils ont peu de temps et doivent agir le plus vite possible. Les gestes ont été répétés des dizaines de fois, tous savent ce qu'ils ont à faire. Des ordinateurs portables reliés au robot, sont déployés un peu partout.

Celui-ci avance lentement vers la porte les reliant à Toulghar. Il s'immerge dans un flot lumineux et disparait comme par magie. Toutes les données sont retransmises en WI-FI, températures, images, analyses topographiques du terrain, densité et structure atmosphérique. Les chercheurs n'en reviennent pas, cet endroit à une atmosphère identique à celui de la terre. Les lieux ressemblent à une grotte extrêmement grande où sont acheminés des centaines d'enfants en mutation. Cela ressemble à une fourmilière géante où se donnent à une activité sans relâche des milliers d'ouvrières. À la seule différence, elles ne reviennent pas avec de la nourriture, mais des proies humaines se changeant à leur image. Au cœur de cet endroit funeste s'agite un être démoniaque. C'est lui qui semble tirer les ficelles.

— Qu'est-ce que c'est que ce truc, là-bas, emande le colonel Savage aux scientifiques ?

— Je vais faire un zoom, répond l'un d'eux.

La caméra du robot transmet les premières images de Feulkhan. Agitant une dague en différents points de la salle, il ouvre ainsi des portes vers la terre. Immédiatement, chaque faucheur s'y engouffre et revient avec un ou plusieurs de ses semblables. Certains, trop âgés sont conduits dans des cages, parqués comme du bétail. Leurs plaintes résonnent sur les parois de la grotte.

Un scientifique au regard effrayé ôte ses lunettes avec stupéfaction. Cartésien de par sa fonction, il s'apprête à décrire l'indescriptible.

— Qu'est-ce que c'est? On dirait l'enfer! Alors c'est comme ça que l'humanité finira…

— Quoi que ce soit, nous mettrons un terme à tout çà, répond le colonel Savage avec détermination.

L'ambiance qui règne est morose, personne ne s'attendait à un tel spectacle. L'un d'eux a même coupé le son de son ordinateur pour de ne plus avoir à supporter les pleurs des enfants pris en esclavage.

Soudain, Feulkhan pointe du doigt le robot. Des centaines de faucheurs se ruent dessus. Les images sont coupées, toute liaison est interrompue. La porte se referme lentement, laissant derrière elle une ligne de vie qui se retrouve figée dans le sol du hangar.

Le général O'Brian arrivé sur les lieux, demande un débriefing immédiat et le décryptage de tout ce qui a pu être analysé lors de cette mission. Le faucheur quant à lui, est placé dans une cellule hermétique sous haute surveillance afin d'y être étudié.

La même tragédie se réalise dans différentes régions du monde. Grandes et petites villes, populations aisées comme sous-développées, personne n'est épargné par ce mal. Dans le petit

village de La Celle, située dans le sud-est de la
France, un petit lotissement où toutes les maisons se
ressemblent est plongé dans la noirceur d'une nuit
d'horreur. Dans l'une d'elles, une mère de famille,
comme beaucoup de parents, n'arrive pas à trouver
le sommeil. Cela fait des heures qu'elle lutte devant
sa télévision, n'ayant que pour seule préoccupation,
la survie de sa fille. C'est un habitat où il ne semble
manquer de rien, une décoration simple, mais
sophistiquée. La femme est allongée dans un canapé
en cuir, la tête posée sur un oreiller, ses paupières
tombent lentement. À côté d'elle, sur une petite
table est dressé un petit album photo numérique, sur
lequel défilent quelques souvenirs. Le portrait d'un
homme apparaît régulièrement aux côtés de sa fille,
c'est celui du colonel Savage. Cette maison était la
sienne autrefois, avant leur séparation. Les querelles
qui ont eu raison de leur couple seraient bonnes
d'enterrer à présent. Christine, comme elle se
nomme, aurait bien besoin en ce moment de la
présence de son ex-mari. Il est tard et sa fille Julie
n'a pas eu de mal à trouver le sommeil. Elle dort à
poings fermés dans une chambre à moitié éclairée
par une veilleuse située sur sa table de chevet, qui
illumine le plafond. Des poissons et des sirènes
semblent danser sur les parois de sa chambre,
décrivant des courbes aléatoires dans un jeu de
couleurs apaisantes. Au-dessus de la porte de sa
chambre est fixée une petite caméra reliée à un
système de surveillance dans le salon. Cette
installation a été décidée par son père, au moment
où les événements se sont fait connaître. Dans le cas
où le système détecterait une intrusion ou une

source d'énergie inhabituelle dans la chambre, les images seraient immédiatement retransmises sur l'écran de télé du salon. Encore faut-il que Christine soit toujours éveillée. Les yeux de la petite enfant s'agitent à travers les paupières, elle est en plein rêve. Elle se voit aux côtés de ses parents, à nouveau réunis lors d'une magnifique journée au bord de la mer. Christine dresse le pique-nique qu'elle a préparé, sur une grande serviette, tandis que son mari s'obstine à terminer le château de sable qu'il a réalisé pour sa fille. Julie l'aide à acheminer cette sculpture éphémère. Elle regarde son père avec fascination.

— À table !

Aussitôt ils accourent près de Christine qui les accueille avec un large sourire. Le soleil illumine son visage la mettant encore plus en valeur. Elle lui tend à sandwich et en fait de même avec son mari qui la remercie d'un tendre baiser. Occupés dans leur échange amoureux, ils n'ont pas vu l'action qui se déroule derrière Julie. Un bruit étrange attire son attention, elle se tourne vers le château de sable. Celui-ci s'effondre sur lui-même, aspiré lentement par les entrailles de la Terre. Le ciel se charge de nuages assombrissant pour ne laisser que la pénombre. Une lumière jaillit alors du trou, décrivant un cercle parfait. La petite fille se retourne vers ses parents, mais ils ne sont plus là. Elle est seule sur une plage déserte en pleine nuit, face à cette lumière qui l'attire tel un insecte. Elle se penche doucement et approche sa main pour la toucher. Soudain celle d'un faucheur l'agrippe avec rage puis l'attire vers les ténèbres. Julie lutte de toutes ses forces, elle tente de crier, d'alerter quelqu'un, mais aucun son ne sort de sa bouche. La même scène tragique est en train de se dérouler dans sa chambre. Sans même qu'elle s'en aperçoive, un faucheur y a pénétré, il est positionné au-dessus de son lit les mains en direction de son visage. Dans le salon, une lumière vive et clignotante vient perturber le sommeil de Christine. Elle ouvre un œil vers la télé et aperçoit effarée, sa fille victime d'une de ces bêtes. Propulsant dans les airs les meubles sur son passage, elle accède aussi vite que possible à la chambre de sa fille. Une main pour abaisser la poignée de la porte et un coup d'épaule pour l'ouvrir, Christine se jette dans la pièce et bondit sur le faucheur. Elle tente de lui faire lâcher prise de toutes ses forces s'agrippant à son dos, le ruant de cous avec une rare violence. Celui-ci s'agite en tous sens puis se jette contre le mur assommant la mère de Julie qui tombe au sol, le visage recouvert de cette matière noire. Il achève sa quête, agrippant la pauvre enfant apeurée par les cheveux, pour l'entraîner dans le cercle de lumière. De cette créature répugnante, il ne reste plus qu'un bras gigantesque tirant Julie vers son sombre destin. La petite hurle, plante ses ongles dans la moquette recouvrant le sol, laissant derrière elle une traînée de griffures. Christine retrouve peu à peu ses esprits, dans une vision d'horreur constate l'inévitable. Elle se jette aussitôt sur sa fille restée en dehors du cercle. Ces efforts ne sont pas vains, elle parvient à l'extirper progressivement, apercevant son visage puis ses jambes. Elle est malgré tout encore sous l'emprise du faucheur qui, ne renonçant pas, se jette sur le visage de Julie et la tire violemment en arrière. La force qu'il déploie est telle, qu'elle fait lâcher prise à Christine qui se retrouve une fois de plus démunie. Elle voit pour la dernière fois le visage de sa fille horrifiée par ce qui l'attend. Hurlant à s'en arracher les cordes vocales dans les quatre coins de la chambre, Christine reste à terre, les mains serrées sur un petit bout de moquette. Le vacarme alerte tout le voisinage, les lumières des maisons illuminent le quartier. À peine une heure plus tard le général O'Brian est alerté par la situation, il dépêche une équipe sur place. Deux hommes plutôt jeunes se tiennent sur le pas de la porte. Vêtus d'un uniforme de cérémonie, les deux militaires sont là pour une raison bien précise. Le plus gradé des deux, observant les traits inquiets de son collègue se tourne vers lui.

— Les ordres sont clairs, nous prenons en charge la femme du colonel, mais il ne doit pas être informé de ce qui vient de se passer.

L'homme qui le seconde est interloqué.

— Est-ce que je peux vous demander pour quelle raison ?

— D'après le général, si le colonel avait connaissance des faits qui viennent de se passer dans sa propre maison, et de l'enlèvement de sa fille, il ne serait plus efficace pour la mission.

Les sourcils froncés, le regard perplexe, il suit son supérieur à l'intérieur de la maison pour emmener Christine en lieux sûrs.

Chapitre 10

Le soleil se lève sur Toulghar. Ses rayons glissent sur les dunes ensablées. La lumière filtre à travers les paupières de Lisbeth encore endormie. Cette douceur matinale la réveille tendrement, la chaleur lui caresse les joues. Elle s'étire, s'assoit, regarde autour d'elle. Ce lit est bien étrange et bien peu confortable, se dit-elle. Ayant oublié son échappée nocturne vers les griiars, elle se rend compte petit à petit de son environnement. Levant les yeux au ciel, elle jette un regard craintif vers la tête immobile de son hôte. Celui-ci s'incline vers elle, puis la dépose au sol. Les larges doigts de pierre s'écartent, lui libérant le passage. Lisbeth descend de la main du griiar un peu plus rassurée. Elle entend dans le lointain ses amis l'appeler, mais elle reste immobile et passive. Peter arrive le premier, près d'elle.

— Nous t'avons cherchée partout en nous réveillant, où étais-tu?

Lisbeth reste muette, son visage est rempli d'une grande tristesse. Les autres les rejoignent précipitamment. Hanna s'approche de son amie.

— Tu es sûr que tu vas bien?

— Ne t'inquiète pas, ça va. J'avais juste besoin d'un peu de solitude, c'est tout. Pour ça je vous assure que les griiars sont des compagnons idéals.

Les filles se mettent à rires aux éclats, rassurées que tout aille bien. Lisbeth camoufle sa tristesse derrière un rire jaune. Les garçons quant à eux, touchent du bout des doigts les colosses de pierre avec curiosité. Soudain, l'un d'eux se met à bouger, rejoint par les autres, ce qui fait sursauter les deux jeunes frères. Tous se redressent sur leurs jambes prenant une posture militaire, ils se tournent vers les portes du village et attendent. Un attroupement massif de grils vient à leur rencontre suivie des différents représentants toulghariens.

Falghot vient se placer au milieu des griiars, il s'adresse à la foule impatiente.

— Nous avons conclu un traité de guerre, unissant nos peuples contre les légions de Feulkhan. Son royaume est à plusieurs jours de marche, certains d'entre nous pourront s'y rendre en quelques heures seulement. C'est pourquoi nous nous donnerons rendez-vous au pied des montagnes noires quand les deux lunes seront pleines, c'est également à cet instant que nos amis les garous, tireront le plus d'énergie. Nous avons déjà fabriqué beaucoup d'armes, il y en a pour chacun d'entre vous. Notre unique objectif est Feulkhan, c'est à Lisbeth de s'en charger. Il faut éviter au maximum de tuer les faucheurs, n'oublions pas que des enfants sont prisonniers de ces corps répugnants. C'est pourquoi notre attaque devra être semblable à celle d'une flèche; rapide et précise. Si la paix doit passer par la force, nous combattrons ensemble jusqu'à la mort!

Les poings brandis au ciel, l'enthousiasme est à son comble. Des cris de joie motivés par ce ralliement résonnent dans les dunes d'Ebes. Toulghar avait oublié ce qu'était le combat depuis des siècles, Feulkhan vient de leur rappeler.

Tous se dirigent vers la fonderie, au cœur du village dans une conduite exemplaire. Les armes, ainsi que les vivres pour le voyage sont distribuées. Plusieurs grils savent qu'ils ne participeront pas au combat, ils devront rester sur place afin de ravitailler les peuples Toulghariens qui les rejoindront plus tard. Chacun trouve de quoi se vêtir, armure, casque, bouclier, mais aussi de quoi combattre. Les épées brillent de mille feux, les mains qui les ont forgées font honneur à leur réputation. Sven brandit la sienne avec contemplation, Nolhan s'approche de lui, il pose une main sur son épaule.

— On raconte que les épées forgées par les grils sont incassables. Lors de la dernière grande bataille de Toulghar, aucune d'entre elles n'auraient subi la moindre brèche. Te voilà l'heureux possesseur d'une arme légendaire, sois en digne Sven.

Celui-ci acquiesce d'un mouvement de tête, avec humilité et respect envers ce patriarche alfat.

Positionné à l'extérieur, un autre groupe les attend. Parmi eux, Linn, Hanna et Lisbeth qui ont aidé au ravitaillement des vivres, préparent des ballots remplis de racines, végétaux et galettes confectionnées par les femmes alfats. C'est un lieu de fraternité et d'échange entre les différents peuples. Certains ne se parlaient pas jusqu'ici, vivant retranchés et méfiants. Ils apprennent à se connaître, procédant même à du libre-échange. Certains font cadeau de leurs recettes culinaires, tandis que d'autres inculquent des techniques de combat. Le garou explique l'art et la manière de s'approcher d'un adversaire sans se faire remarquer. Peter et Sven l'ont choisi comme maître de guerre, ils sont tellement impressionnés par cette créature depuis leur dernière rencontre. Celui-ci arpente les ruelles, bondissant sur les huttes, jusqu'à atterrir derrière les deux garçons. Tous le guettent près de la tour, sûrs d'avoir entendu un bruit suspect. Soudain, il se jette sur Peter le plaquant face contre terre. Personne ne l'avait vu venir, mais dans la foule, Plum le palbéras, reste stoïque face à une telle exécution d'agilité, ce qui agace le garou.

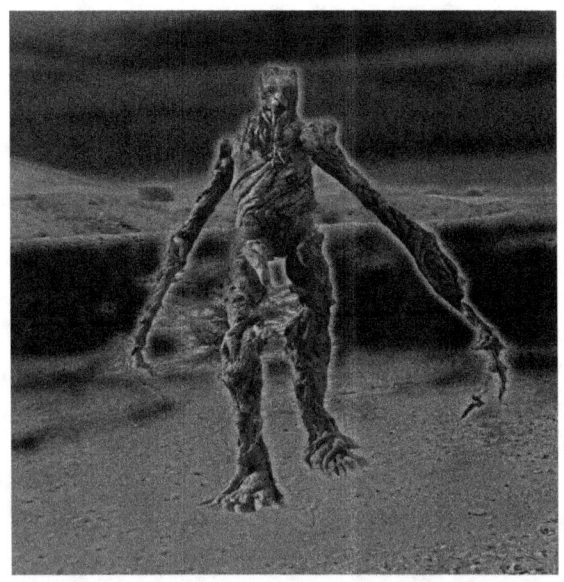

Il le fusille des yeux, se demandant quel est son secret. D'un bond, il se propulse dans les airs, atterrissant à quelques centimètres de Plum.

— Et toi, qu'est-ce que tu sais faire?!

Le palbéras reste de marbre. Il n'a pas bougé d'un pouce. Regardant autour de lui la foule qui l'observe avec grande attention, il se dresse devant le garou, les bras en croix. Son regard s'assombrit, sa chevelure végétale s'agite en tous sens.

Soudain, ses bras explosent littéralement, des branches d'arbres jaillissent, poussant à la vitesse de l'éclair. Ses pieds également se transforment. Il mesure bientôt près de dix mètres, et ne cesse de grandir. Même si la foule est terrifiée, le garou ne bouge pas.

— Ton pouvoir est donc de te transformer en arbre géant! Et bien tu nous seras sûrement utile pour nous abriter de la pluie ou nous fournir du bois pour nous réchauffer au coin du feu. Ah, ah!

La tension redescend, tout le monde rit aux éclats. C'est alors que de chacune des branches, une liane se met à pousser. Elles se comptent par centaines et s'agitent comme un nid de serpent. Plus personne ne dit un mot. Le garou sait qu'il a dépassé la limite, il se tient sur ses gardes pour la première fois. Aussitôt, les lianes sont propulsées sur chaque toulgharien. Elles les enroulent des pieds à la tête, empêchant chacun de leurs mouvements. Tous sont maintenant manipulés dans les airs comme des marionnettes, ainsi que Peter et Sven. L'étreinte est si forte qu'ils sentent presque leurs os se briser.

L'elfus apparaît aussitôt face au palbéras, elle lui donne l'ordre de les reposer.

— Tout ceci a assez duré! Ils ont compris la leçon je crois, tu peux les reposer.

Plum s'exécute, libérant les toulghariens un à un, puis il rétracte ses membres immenses et retrouve sa silhouette chétive et discrète.

— À l'avenir, vous vous respecterez un peu plus je pense, dit l'elfus. Ce n'est qu'un aperçu de sa force, dites-vous bien qu'il nous sera très utile contre les faucheurs.

De son côté, le garou adopte une posture de soumission tel que les loups la pratiquent en meute. Sa queue est recroquevillée entre ses pattes arrière, son regard fuyant, il s'incline aux pieds du palbéras.

Pour la première fois, celui-ci prononce un mot.

— Redresse-toi mon ami. Dans cette guerre il n'y a ni chef, ni esclave. Nous nous battrons ensemble défendant un seul et même but. Juste une chose peut-être.

— Laquelle? demande le garou apeuré.

— Ne t'avise jamais de lever la patte sur moi.

Peter et Sven ne peuvent s'empêcher de laisser échapper un rire moqueur. Le garou se tourne vers eux, l'air sévère. Son grognement veut tout dire, les garçons cessent aussitôt. À cet instant, Falghot le chef des grils, s'approche de lui une armure à la main.

— Je l'ai faite spécialement pour toi. Elle te protègera et te permettra de transporter une personne de ton choix sur ton dos.

L'armure est composée d'écailles d'argent, d'une beauté incomparable. Partant de la tête jusqu'à la base de la queue, elle protège toutes les parties vitales de son corps. Sur son dos est tissée une selle de la main des plus brillants artisans alfats. Ainsi vêtu, le garou s'avance fièrement vers une hutte. La foule s'écarte, observant cette monture resplendissante. Il entre à l'intérieur, en direction des filles. Il choisit Lisbeth comme cavalière, ce qui ne surprend personne. Les sourires se dessinent sur les visages de chacun, même Lisbeth retrouve cette petite flamme qu'elle croyait éteinte. Des grils lui apportent également une armure brillant du même éclat. Sa vie a maintenant un but, elle est la clé du salut de Toulghar, tous ici croient en elle.

Une fois le plein de vivres et d'armes fait, tous suivent un long cortège menant aux portes du village. Les griiars y sont postés de chaque côté, telles des statues ouvrant la voie vers l'inconnu. Dans le ciel, un dragon marque son passage en émettant des cris stridents. Il rejoint les siens afin de les rallier. Des cordages sont lancés sur les épaules des griiars, permettant d'y fixer les nombreuses provisions.

Le poing de Falghot se dresse vers le ciel, puis il s'abaisse droit vers l'horizon, indiquant la direction à prendre.

Le soleil est de plus en plus pesant, mais ce paysage désertique et aride sera bientôt derrière eux. Lisbeth qui chevauche sa monture argentée, aperçoit les collines où le peuple grils exploite les minerais. Elle est si fière d'occuper un tel poste, qu'elle ne prête même plus attention à ses amis, ainsi qu'aux sentiments qui les rapprochent. Nombreux sont ceux qui l'observent avec fascination et respect maintenant. Elle s'apprête à entrer dans la légende.

Sur le dos d'un gluth, l'une de ces bêtes rampantes transportant les minerais, sont installés Peter et Linn. Elle se cramponne fermement autour de sa taille évitant de glisser. Cette étreinte n'est pas seulement une mise en sécurité, mais une marque d'affection. Leurs doigts se joignent tendrement, unissant ainsi l'amour qui les ronge peu à peu. Peter regarde cet endroit qu'il connait bien maintenant, les mines grils. Le convoi longe le lac qui reflète le soleil. Les petites vagues à sa surface, scintillantes comme des étoiles, indiquent le sens et la force du vent. Un vent chaud et humide, agréable sur la peau de Linn qui profite de cet instant magique pour prendre une profonde inspiration. Les effluves qui planent ont un parfum de jasmin et de pins maritimes. Des milliers d'oiseaux de toute beauté se joignent à ce spectacle poétique. Ils survolent le lac pour venir se nourrir près de la berge. Leur plumage rouge vif leur donne une allure flamboyante lorsqu'ils se regroupent. Peter tourne sa tête vers Linn, il veut lui dire ses sentiments. Ses yeux se plongent dans les siens avec passion. Il reste muet, déchiffrant son regard. Les deux êtres s'observent tendrement, leur visage se rapproche, leurs lèvres se tendent, s'offrant ainsi l'un à l'autre. Leur union est presque conclue, sous les yeux de Sven et Hanna restés sur un autre gluth, à quelques mètres derrière eux.

Ils s'embrassent passionnément, au gré des mouvements tortueux de leur monture.

Hanna et Sven ne restent pas indifférents à cette union, ils voudraient bien eux aussi avoir le courage d'un tel acte. Même si le résultat est le même, leurs gestes sont beaucoup moins sûrs. Hanna tremble de tout son corps, sentant son compagnon s'approcher timidement à mesure que leur voyage progresse. Tournant sa tête vers elle, il espère obtenir un baiser comme son frère, et gagner le cœur de celle qu'il aime. Hanna se laisse faire, ferme les yeux, savourant elle aussi ce moment de bonheur. Sven s'apprête à l'embrasser tendrement.

Soudain, les vagues se font de plus en plus grosses. Les oiseaux quittent le lac, prenant leur envol pour se réfugier vers la forêt. Un tourbillon se dessine lentement, puis une vague déferlante s'abat sur la berge. Une créature gigantesque sort des eaux, freinant ainsi les deux couples dans ce moment romantique. Sven était presque parvenu à son but, ses yeux sont exorbités de terreur. Il s'agit d'un céphalopode grand comme un immeuble de dix étages, déployant des tentacules épineux ver le convoi. Sa tête est constituée de trois yeux et d'une bouche munie d'une quantité infinie de dents acérées. En son centre, un appendice telle une seconde bouche s'agite de bas en haut. Cet organe qui lui sert à la fois de langue et d'appareil digestif pour les petites proies, dégouline d'une bave fortement odorante.

La bête se rapproche à toute allure, ses tentacules balayent d'un coup une dizaine de gluths. Nolhan hurle de toutes ses forces.

— C'est un ocril! Fuyez, courez vous réfugier dans la forêt, il ne peut rien hors de l'eau!

Une vague de panique s'empare alors de la meute, qui se croyait jusqu'ici invincible. Tous fuient vers les bois sombres et infranchissables pour cette créature. Sur la berge le gluth qui transportait Sven et Hanna vient d'être mortellement touché. Son corps étendu au sol est inerte, il saigne abondamment. Hanna est restée prisonnière de sa lourde carcasse. Le choc est tel, qu'elle a perdu connaissance. Immédiatement, Sven se précipite à son secours, tandis que l'ocril s'avance vers sa prison de chair. Il tente de toutes ses forces de l'extraire du gluth resté mort, mais la tâche est bien trop difficile pour un enfant de son âge. Des larmes de colère accentuent sa détermination, une rage s'empare de lui.

De son côté, Lisbeth s'interroge sur leur disparition. Le garou lui suggère de retourner sur les lieux du drame.

— Je peux t'y emmener, avec ma vitesse et mes réflexes, tu ne risques rien.

— Allons-y alors!

D'un bond majestueux, le garou s'élance entre les arbres, se propulsant sur leur tronc, il gagne du terrain. L'ocril enveloppe une carcasse de gluth à l'aide d'un de ses tentacules, il la jette dans sa gueule énorme et n'en fait qu'une bouchée. Une autre s'empare de celui où est retenue prisonnière Hanna, Sven ne lâche toujours pas les bras de sa compagne. Le visage crispé de douleur, il lutte de toutes ses forces pour l'extraire. Le gluth arraché de terre la libère aussitôt, Sven la porte sur son épaule et court se réfugier dans la forêt.

Au même instant, ils sont rejoints par le garou et Lisbeth.

— Sven, s'écrit-elle ! Comment va Hanna?

Épuisé, le garçon tombe à genoux près du garou. Il pose délicatement le corps de Hanna inconsciente sur un lit de mousse.

— Nous n'avons pas une minute à perdre, dit le garou. Grimpez!

Lisbeth aide Sven à mettre son amie sur le dos de sa monture, ils grimpent à leur tour et s'enfoncent en une fraction de seconde à travers l'épaisse forêt. Le garou court à toute allure, essayant de ne pas déstabiliser les enfants sur son dos. Sven et Lisbeth cramponnent fermement leur amie, priant pour qu'elle n'ait rien de grave. Ça y est, ils aperçoivent enfin le reste du groupe, Nolhan est en front, prêt à intervenir.

Le garou ralentit sa course effrénée, il se couche doucement aux pieds du chef des alfats. Sven tient fermement dans ses bras celle qu'il aime, il l'a dépose délicatement au sol, une main sous sa nuque. De l'autre, il lui caresse la joue, s'incline vers son oreille.

— Sois forte Hanna, ne me laisse pas maintenant. On commence à peine une histoire fantastique tous les deux.

Sa voix sanglote, il laisse échapper quelques larmes. Lisbeth pleure son amie elle aussi. Agenouillée près de sa dépouille, elle tient sa main dans la sienne fermement, comme si elle l'empêchait de sombrer vers les ténèbres.

Nolhan avance d'un pas sans dire un mot, les deux adolescents se mettent à l'écart. Il pose une main sur son front et attend. Soudain, ses yeux se révulsent, il entre en transe. Quelques secondes plus tard, revenant à lui, il regarde Sven d'un air triste. Les yeux de Lisbeth tremblent d'effrois, ils se remplissent à leur tour de larmes.

— Le choc a été trop violent, son cœur s'est arrêté de battre sous la peur et le manque d'air. Plusieurs de ses organes vitaux sont touchés. Elle souffre d'hémorragie interne. Je n'ai encore jamais ramené quelqu'un d'entre les morts…

Peter voit son petit frère effondré. Rien ne pouvait lui faire plus de mal. Un silence de mort s'installe dans le groupe, les autres toulghariens affluent lentement autour de la dépouille. Linn se blottit dans les bras de son amoureux, elle cache ses yeux près de sa poitrine, espérant y trouver un quelconque réconfort.

La meilleure amie de Lisbeth s'en est allée. Pourtant elle ne peut pas s'y résigner aussi facilement. Elle se souvient de cours de secourisme qu'elle a vu sur une chaîne câblée.

— Vous les alfats, détenez un grand pouvoir, celui de soigner une victime grâce au Dimak. De notre côté, nous les humains, avons la connaissance médicale suffisante pour réanimer une personne en détresse depuis quelques minutes. En unissant nos efforts, on peut au moins essayer.

Nolhan observe la fillette déterminée. C'est la première fois qu'il voit autant d'implication entre des êtres. Il acquiesce d'un signe de la tête, et s'adresse à Malna, placée aux côtés de Linn et Peter.

— Tu sais ce qu'il reste à faire, prépare des herbes et rejoins-moi.

Malna court au cœur de la forêt aidée de plusieurs femmes alfats. Au même instant Lisbeth s'agenouille près de son amie étendue. Elle donne les consignes à Sven et Nolhan.

— Je vais tenter un massage cardiaque, tu lui insuffleras deux fois de l'air dans sa bouche à mon signal. Nolhan, pendant que nous la maintiendrons en vie, vous la soignerez.

Aussitôt, elle arrache ses vêtements, découvrant une poitrine bleue et gonflée de sang. À la première compression, un jet de sang jaillit de la bouche de Hanna, ce qui rebute légèrement Sven.

Reprenant ses esprits, il se penche sur ses lèvres, prêt à insuffler. Nolhan, quant à lui, place ses mains au-dessus du corps inerte et les fait glisser de la tête aux pieds. Ses yeux reprennent leur couleur blanche, sa concentration est extrême. De ses doigts jaillissent des arcs électriques, qui à mesure qu'ils touchent la peau de Hanna, laissent derrière eux les premiers signes de guérison. La peau reprend sa couleur naturelle, les os cassés se reforment petit à petit.

Malna entre en scène, elle revient les bras chargés d'herbes et plantes médicinales. Dans un bol de terre, elle en écrase quelques-unes et répand la mixture sur les plaies refermées. Elle dispose soigneusement ce lui qui reste, telles des compresses, sur toutes les surfaces de son corps. Lisbeth s'arrête un instant de masser et fait signe à Sven d'insuffler. Puis ils reprennent le même rythme plusieurs fois. Enfin, elle prend le pouls. Son regard en dit long, aucun signe de vie. Reprenant aussitôt le massage cardiaque, elle s'acharne sur son amie avec un dernier espoir. Les secondes paraissent des minutes et les minutes des heures.

Soudain, Sven sent de l'air lui chatouiller la joue.

— Arrêtez tout! Je l'entends respirer!

Les regards se penchent sur le visage de Hanna, tous observent son visage angélique, espérant un signe de guérison. C'est alors que ses narines bougent doucement, ses lèvres s'ouvrent. Lisbeth reprend son pouls, cette fois tout va bien.

Son visage s'illumine de bonheur ainsi que celui de Sven. Mais Nolhan poursuit inlassablement jusqu'à une guérison totale. Puis il se relève et s'adresse à Sven.

— Elle est tirée d'affaire, je crois. C'est en unissant nos forces et nos connaissances que nous l'avons sauvé. Nous avons beaucoup à apprendre les uns des autres, j'en suis sûr. À présent tu dois la laisser se reposer. Veille à ce que les pansements d'herbes soient toujours humides, et ce jusqu'à demain matin. Nous devons reprendre notre route, car notre objectif est loin. Avec l'aide du garou, vous nous rattraperez rapidement.

Quelques minutes plus tard, le groupe se remet en marche. Peter et Linn disent au revoir à leurs amis. Les deux frères se serrent dans les bras l'un de l'autre, ce qu'ils viennent de vivre, les rapproche un peu plus.

Agenouillé près de Hanna, Sven surveille son état pendant des heures durant. Son obstination est telle qu'il ne détourne même pas le regard. Lisbeth quant à elle, est occupée à chercher du bois sec, afin de faire un feu. Sillonnant la forêt à pied, elle ramasse quelques brindilles et les dispose soigneusement sur le dos du garou. Cet instant leur permet de mieux se connaître. Ayant maintenant une bonne culture du monde végétal qui l'entoure, elle en profite pour ramasser quelques baies et racines, qu'ils pourront manger. Le garou grogne dans sa moustache, face à une telle nourriture.

— Tu n'aimes peut-être pas çà, mais je ne vois pas de viande ici, à part moi.

— N'ais crainte, je m'en contenterais, mais avertis-moi si on croise de quoi me rassasier.

— J'ai une question à te poser. Tu n'as pas de nom, c'est exact?

— En effet, comme beaucoup de peuples toulghariens, le mien ne cultive pas cette forme de communication. Nous nous servons de nos postures et de nos odeurs pour savoir à qui nous avons à faire. Je sais bien ce que tu as dans la tête, tu voudrais me donner un nom, comme si j'étais un animal de compagnie. Eh bien je dois te dire fillette, qu'il en est hors de question.

Continuant leurs escapades, ils échangent de nombreux sujets de conversation. Il arrive même que le garou rie à certaines histoires de Lisbeth. Elle lui raconte ses aventures dans son village natal, lui décrivant avec précision tous les recoins.

Quand ils reviennent au campement, Sven les accueils avec un large sourire. Il hurle de bonheur.

— Elle est réveillée!

Accourant aussitôt près de Hanna, ils se réjouissent la voyant consciente. Toujours étendue sur le sol, elle tente de s'assoir difficilement. Ses forces lui reviennent peu à peu, mais elle a encore besoin de sommeil. La nuit va bientôt tomber et Lisbeth ne perd pas de temps pour allumer le feu. Frottant un bout de bois sur de l'écorce sèche, elle allume de quoi réchauffer tout le monde.

Tous la regardent estomaqués, cette fille a plus d'un tour dans son sac et maîtrise le feu, ce qui étonne le garou.

— Ma parole, on dirait Robinson Crusoé, dit Sven émerveillé.

— Les alfats nous ont appris bien d'autres choses, à Hanna et moi. D'ailleurs nous avons de quoi dîner.

Les baies ont l'air succulentes, comparées aux racines, mais ils savent qu'il ne faut pas faire la fine bouche dans de pareils moments. Le feu allumé, tous s'assoient autour et mangent avec grand appétit.

— Parlez-moi de votre monde, demande le garou.

Sven tente sa chance, un peu maladroitement.

— Dans notre monde, des êtres comme toi sont appelés des loups-garous. Ce sont des hommes qui se transforment à la pleine lune, en une bête comme toi, et vont tuer d'autres hommes.

Lisbeth se sent un peu gênée et intervient aussitôt.

— Ce n'est qu'une légende, d'ailleurs notre peuple est féru de légendes aussi absurdes les unes que les autres.

— Tu n'as pas à te justifier, ce n'est pas une légende. Quand les deux lunes sont présentes comme ce soir, les garous se transforment en bêtes sanguinaires, n'ayant qu'un seul but, tuer autant de proies qu'ils peuvent. Il se trouve que vous êtes là au mauvais moment avec le mauvais toulgharien.

Ce qu'il dit vient de jeter un froid. Sven ressent la même peur qu'il avait connu lors de leur première rencontre. Le cœur de Hanna se met à battre la chamade, elle attrape la main de Sven et la serre aussi fort qu'elle peut. Lisbeth, placée à côté du garou, n'ose plus faire un geste, ses jambes sont tétanisées par la peur. Elle ne peut qu'observer son compagnon de voyage secouer sa fourrure, comme pris de transe. Il regarde les deux lunes briller dans le ciel et se met à hurler. Son cri résonne dans les bois, rejoint bientôt par d'autres hurlements distincts. Les trois adolescents sentent la fin approcher. Une larme coule sur la joue de Hanna, incapable de se lever, elle redoute le pire. Et si leur histoire s'arrêtait là, cela n'aurait aucun intérêt se dit-elle. Si près du but, elle ne pourrait jamais rentrer chez elle, ni même revoir son petit frère. Les branches craquent de tous côtés dans un fracas incessant. Les pas se font de plus en plus fort. Soudain, Lisbeth aperçoit des dizaines d'yeux luisants dans la pénombre. Une meute de loups les entoure, progressant lentement, comme pour encercler une proie. Sven écarquille les yeux, son instinct lui ordonne de se défendre. Il se jette sur le feu et attrape une branche, puis l'agite en tous sens, faisant un barrage à la meute. Les loups les observent sagement, marquant un arrêt. L'un d'eux s'assoit, suivi par les autres. Le garou près de Lisbeth, se tourne vers Sven toujours aussi déterminé, il lui montre les crocs, ouvre une gueule énorme, prêt à bondir dessus.

Soudain, il la referme d'un claquement de dents et se met à rire aux éclats. La meute qui les encercle en fait de même. Sven à l'air dépité, il ne comprend plus bien ce qui se passe. Le garou retrouve un visage amical, et lui dit:

— Ah, ah!! Je crois que nous vous avons bien eu. Il est vrai que votre peuple croit en beaucoup de choses. Ce doit être dans votre nature de diaboliser l'inconnu et tout ce qui est différent. Nous sommes des êtres comme vous, à quelques exceptions peut-être, mais nous avons des sentiments. Nous ne sommes pas des monstres et encore moins des mangeurs d'hommes. À présent, laissez-moi vous présenter mes compagnons, d'autres nous rejoindront plus tard.

Les visages se détendent peu à peu, tandis que la meute s'approche du campement. Les garous restent à l'écart du feu qu'ils craignent tant, adoptant une posture amicale. Se retrouvant après plusieurs jours d'errance, ils cherchent le contact. S'imprégnant des odeurs de chacun, ils devinent une partie de leurs aventures. Les enfants ne sont pas rassurés quand leur tour vient de se faire renifler. Ces bêtes velues, aussi puissantes qu'un lion, mi-loup, mi-homme, passent leur truffe dans leurs cheveux. Les dents acérées ne sont qu'à quelques centimètres. Malgré leurs bonnes intentions, il est difficile de se sentir en sécurité dans un pareil moment. Hanna reste immobile, son visage craintif laisse paraître ses émotions trop facilement. Celui de Sven est tourné vers sa compagne, figé lui aussi, il reste sur ses gardes. Lisbeth qui a retrouvé sa place près de son garou échappe à ce protocole. Une troupe de garous s'éloigne du groupe et part s'installer à une dizaine de mètres du campement. Deux d'entre eux reste sur les lieux, leurs yeux jaunes reflétant les lunes, fixent scrupuleusement Hanna et Sven. Leur regard sombre devient de plus en plus docile, mettant en confiance les deux adolescents. Une communion s'installe entre eux au fil des secondes. D'une main timide, Hanna vient toucher la crinière du garou. Celui-ci se laisse faire, il semble apprécier ce geste affectueux. À mesure que les deux êtres apprennent à se connaître gestuellement, il s'allonge près d'elle, son pelage la protégeant de la fraîcheur nocturne. De son côté, Sven est au contact d'une femelle. Lui aussi a franchi le cap, il se blottit près de sa nouvelle monture tendrement. Pour la première fois, il se sent en sécurité sur Toulghar. Les trois jeunes aventuriers ont maintenant un garou qui leur est propre, grâce à eux ils pourront rejoindre les autres plus vite et seront plus forts.

Un nouveau matin se lève sur Toulghar. Les rayons du soleil percent à travers l'épaisse végétation. Le silence de la nuit fait place à une agitation venue d'ailleurs. Insectes, rongeurs et oiseaux se mettent en scène, chacun apportant son chant mélodieux à un ensemble parfaitement orchestré. Une feuille accrochée à plus de cent mètres de hauteur, se décroche suite au passage d'un rongeur. Elle entame une longue descente, entraînée par le vent elle est poussée un peu plus loin de son point d'origine. À mesure qu'elle descend, la feuille se rapproche lentement du campement. Ne se situant qu'à quelques mètres de là, elle amorce sa descente vers le feu éteint pour venir se poser sur le visage endormi de Sven.

Chapitre 11

09 mai 2015, bureau des Nations unies

Face à un tel fléau, nombreux sont les témoins qui ont assisté démunis, à l'enlèvement d'un ou plusieurs de leurs enfants. Ce qui jusqu'ici, n'était qu'un mythe, fait objet de scandale au sein de la presse internationale.

On ne parle plus que de cela dans les journaux. Des créatures abominables qui enlèvent tous les enfants en bas âge sans le moindre remords.

Afin de faire taire toute rumeur et mettre un peu de clarté dans tout ce désordre, les dirigeants des Nations unies se sont mis d'accord à l'unanimité de révéler au grand jour cette situation chaotique. Le représentant de cette organisation, M. Daniels, va bientôt prendre la parole devant des dizaines de journalistes venus de plusieurs pays du globe, sélectionnés sur le tas. Des dizaines de chaises sont disposées face à une estrade au milieu d'une salle plutôt austère. Les journalistes font leur entrée et prennent place dans un brouhaha assez malvenu. Il est vrai qu'ils ont bon nombre de questions à poser, eux aussi sont concernés. Les fortes lumières au plafond se tamisent, un grand écran placé en hauteur derrière le pupitre, s'allume. M. Daniels fait son entrée accueillie comme il se doit, chaque personne présente se lève faisant place au silence.

Le représentant des Nations unies pose ses deux mains sur le pupitre qui lui fait face et se penche vers le micro.

— Mesdames et Messieurs, le temps est précieux. C'est pourquoi j'irai droit au but, j'attends vos premières questions.

À peine a-t-il fini sa phrase, que la salle est prise d'assaut par des dizaines de journalistes assoiffés de réponses. Les doigts pointent en l'air, ce qu'ils disent est inaudible. Le représentant choisit donc au hasard l'un de ses premiers interlocuteurs situés au premier rang, d'un mouvement de tête. Une femme d'une quarantaine d'années plutôt minces et jolie, se lève et prend la parole.

— M. Daniels, on raconte que ces êtres qui enlèvent nos enfants ne viendraient pas d'ici. Il s'agirait de monstres la peau visqueuse et effrayante. Qui sont-ils et d'où vient-il ?

— Nous ne pouvons pas affirmer d'où ils viennent avec certitude. Ce que je peux vous dire c'est que le 5 mai dernier, une opération de grande envergure a été mise en place, pour nous permettre de capturer l'un d'eux. Celui-ci est retenu captif dans un endroit secret afin de mieux l'étudier. Je vais donc anticiper vos prochaines questions par une réponse des plus effrayantes. Une opération similaire a eu lieu il y a quelque temps de cela, soldée par un grand échec. L'un d'eux a été abattu, ce que nous avons pris pour l'ennemi, a muté, reprenant son aspect d'origine, celui d'un enfant. Nous pouvons affirmer aujourd'hui que le sort destiné à nos enfants et de finir en l'une de ces bêtes sanguinaires. C'est pourquoi nous devons réfléchir à une action qui nous permettrait à la fois de ramener nos enfants, leur faire retrouver leur aspect d'origine, le tout sans la moindre violence. Il y a toujours des risques à prendre dans une telle opération, malheureusement nous n'avons pas le choix et devons tenter le tout pour le tout. Un robot est parvenu à nous retranscrire des images de ce monde ténébreux, ce que nous y voyons dépasse de loin notre imagination. Avez-vous d'autres questions?

— Oui Monsieur ! Alex Mercier, chroniqueur au New York Times. À l'heure où je m'adresse à vous, on peut dénombrer environ 1 million d'enfants enlevés de par le monde. D'après ce que vous dites, chacun d'entre eux serait transformé. Ce qui veut dire que nous aurions affaire à une armée d'autant de combattants. Comment comptez-vous mener une guerre face à une telle armée sans l'usage de la force?

— En effet, c'est là tout le problème. Il nous faut réfléchir à une solution stratégique. Alors je m'adresse à vous, nous avons constitué un groupe de reconnaissances dont le colonel Savage aura la responsabilité. C'est sous son commandement qu'a eu lieu la première mission d'observation et la capture d'une de ces créatures. Le but de cette mission sera d'infiltrer les forces ennemies, de ramener le maximum d'éléments pouvant nous permettre de comprendre davantage à qui nous avons affaire. Si l'occasion se présente et que le colonel Savage trouve un moyen de mettre un terme à ce fléau, nous agirons en conséquence. Les ramener chez nous dans leur état d'origine est peu probable, nous devons préserver en priorité ceux qui sont encore parmi nous. Ce qui veut dire que la mission principale est de fermer définitivement l'accès qui sépare nos deux mondes.

Un calme redoutable s'installe aussitôt dans la salle. Tout ce qui vient d'être dit par le représentant des Nations unies dépasse de loin leur imagination. Ils viennent d'en avoir la confirmation, les enfants enlevés, sont définitivement perdus. À présent ce ne sont plus que des bêtes sanguinaires, errantes, en quête d'autres âmes pures.

Dans les heures qui suivent, les journaux ne parlent que de ça. Des records d'audience sont battus, toutes les populations mondiales ont les yeux tournés sur leur téléviseur. Celles qui avaient encore un espoir de retrouver leur progéniture doivent se résigner. Quant aux autres, elles n'ont comme seul recours, que de s'armer, surveiller et protéger ce qui leur est le plus cher. La population mondiale est en émeus suite à une telle annonce. On assiste à des scènes chaotiques dans les quatre coins du globe. Des familles qui ne vivaient que par l'espoir, se trouvent démunies, certaines abandonnent même toute attache à la vie. D'autres à qui le mal n'est pas arrivé, se préparent à accueillir l'assaillant comme en temps de guerre. La nouvelle se répand comme une boule de neige laissant derrière elle la crainte et les pleurs, car au-delà de la perte de leurs proches, tous se préparent à l'inévitable, la fin de la race humaine. Jamais le cœur des hommes n'a été autant ébranlé. On laisse de côté les rivalités politiques, commerciales et religieuses. Pour la première fois, l'humanité tout entière se mobilise pour défendre la même cause.

Chapitre 12

D ans les locaux secrets de l'IMU, des scientifiques s'affairent à une bien mauvaise besogne. Au cœur d'une salle sous haute sécurité, ils étudient la bête capturée. Cet endroit est placé sous terre, il ressemble à un abri antiatomique où l'on a acheminé du matériel médical de pointe. En son centre une immense table fait face à une dizaine de scientifiques séparés d'elle par une paroi vitrée incassable. Chacun est devant son poste informatique où il y enregistre de nouvelles données. Une fumée blanche pénètre soudainement dans la salle, une porte s'ouvre, un homme entre à l'intérieur. Il est équipé d'une combinaison le recouvrant de la tête aux pieds, une large visière lui permet d'observer la bête qui le regarde inerte. Au fur et à mesure qu'il avance, celle-ci tourne sa tête dans sa direction. Les yeux livides, la bouche béante, les longs doigts s'écartant laissant couler le liquide noirâtre au sol. Elle observe passible celui qui sera son bourreau. L'homme se munit d'une seringue et tente un prélèvement dans son bras gauche. Aussitôt la bête se met à remuer en tous sens. Les entraves qu'ils retiennent sont à base de titane, mais le dispositif donne l'impression qu'il va céder sous l'agitation démesurée de son prisonnier. Le scientifique marque alors un moment d'hésitation, puis lui plonge l'aiguille dans le bras. Il aspire à l'intérieur de la seringue un mucus visqueux et noir, le même que celui qui enveloppe le faucheur. Une trappe près de lui s'ouvre dès qu'il a fini, pour y déposer le fruit de sa récolte. L'analyse se fera dans une autre salle, elle aussi sous haute sécurité. Le scientifique s'affaire maintenant à une autre étude, celle de découvrir la résistance à la douleur et les points faibles du faucheur. Pour cela une seconde trappe s'ouvre, donnant accès à plusieurs engins de torture. Scalpel, appareils à électrochoc, chalumeau et bien d'autres sont mis à disposition. L'homme approche lentement, la main hésitante, il sait qu'il va commettre le pire et s'apprête à torturer un monstre, derrière qui, se cache un enfant. Il choisit le scalpel, à mesure qu'il s'approche de la créature des gouttes de sueur ruissellent le long de son front. Une buée obscurcit sa visière, il plante le scalpel dans la cuisse du faucheur, déchirant la chair liquéfiée. Celui-ci se met à pousser un hurlement venu d'outre-tombe, tels des milliers d'âmes criant leur malheur. Le scientifique tombe à terre ses mains serrées fermement contre ses oreilles, il tente de faire taire le bruit assourdissant. Dans la salle voisine, ses confrères ne sont guère épargnés. L'un d'eux se rue sur le bouton permettant de régler le volume de la pièce, il le coupe aussitôt. Quelques minutes plus tard, deux hommes entrent dans la salle de torture, eux aussi vêtus d'un équipement de protection individuelle. Ils ramassent le pauvre homme laissé à terre, pour l'extirper de cet endroit. Une fois hors de portée ils lui ôtent son masque, laissant apparaître des coulés de sang le long de ses oreilles. L'homme est en vie, mais inanimé.

Dans un étage supérieur, le colonel Savage coordonne la future mission d'observation et de sauvetage. Plusieurs officiers sont attablés autour de lui, ils s'échangent de nombreux dossiers concernant les soldats qui constitueront l'équipe d'assauts. Le choix est difficile, il s'agit de sélectionner les meilleurs. Quelques minutes plus tard, le général O'Brian fait son entrée. Il se munit d'une télécommande placée sur la table et affiche une liste sur un écran géant.

— Messieurs, pour cette mission à haut risque, nous devons nous équiper de ce qui se fait de mieux en matière de technologie. C'est pourquoi je vais vous présenter l'équipement dont sera dotée notre élite.

Au fur et à mesure de la description, d'innombrables photos apparaissent à l'écran. On peut y voir des tenus de combat futuriste dont le but principal est la protection, mais aussi des moyens de communication très élaborés.

— En ce moment même, des scientifiques cherchent les points faibles de ces créatures. Le but n'étant pas de les tuer, mais de les neutraliser ou d'éviter leur progression. Dès que nous en connaîtrons un peu plus sur nos assaillants, nous développerons les armes adéquates.

Le colonel Savage n'est pas à l'aise dans ce genre de situation, il sait qu'il aura affaire à un ennemi inconnu et impitoyable, mais ce qui le terrifie c'est que sous ses traits se cachent des enfants.

Les heures passent, les scientifiques ont progressé dans leur recherche. Ce qu'il y a peu de temps semblait être un cri de douleur, n'était en fait qu'un hurlement de colère.

— Les faucheurs ne ressentiraient pas la douleur, il serait néanmoins possible de les ralentir en leur infligeant des dégâts corporels. Nous savons que les balles peuvent aller jusqu'à donner la mort à ces créatures, une décharge électrique suffit à les neutraliser quelques minutes. Chaque soldat sera donc équipé en plus de son armement militaire, d'un fusil à impulsion électromagnétique. Tout cet arsenal pèse extrêmement lourd, il est donc nécessaire de l'alléger en travaillant sur des matériaux agréables à porter.

La nuit arrive, les hommes n'ont pas fermé l'œil depuis plus d'une journée. Tous sont exténués, ce qui est mauvais à l'aube d'une telle opération. Le général O'Brian donne l'ordre à chacun d'entre eux d'aller se reposer quelques heures, le temps de mettre en place l'importante logistique et d'accueillir l'ensemble de l'équipe.

Le colonel Savage s'est retiré dans ses locaux où il médite. Les yeux fixés au plafond, il tente de trouver le sommeil, chassant de sa tête des centaines d'idées obscures. Son front se plisse, les traits de son visage s'assombrissent, il ne parvient pas à s'en détacher. Il fait un quart de tour dans son lit et fixe une image collée au mur, celle de sa fille. Il n'a pas eu beaucoup l'occasion de la voir durant ces dernières années, d'une part à cause de son travail, d'autre part le divorce avec sa femme qui a acquis la garde principale ne fait qu'accroitre le fossé qui sépare. Il prend des nouvelles d'elle chaque jour, mais redoute l'instant où il apprendra, comme d'autres parents sa disparition. Lorsque ce jour arrivera, il ne sait pas s'il aura le courage d'affronter un faucheur au risque de se retrouver face à sa propre fille.

Lisbeth, Hanna et Sven ont repris leur marche pour rejoindre leurs compagnons. Ils chevauchent leur garou, grâce à qui ils peuvent progresser à grande allure. Sven et Hanna s'échangent quelques regards amoureux malgré de fortes secousses. Lisbeth est en tête de la meute, cramponnée à sa monture, le regard fixé sur l'horizon. Les poils soyeux de chacune de ces bêtes ondulent au gré du vent, donnant à chacune d'entre elles encore plus de grâce. La forêt est incroyablement dense, mais ils parviennent malgré tout à se frayer un chemin, sautant par-dessus les fougères géantes. Les parfums qui se dégagent de cet environnement rappellent aux trois enfants l'arrivée du printemps dans leur village natal. Hanna se délecte de toutes les senteurs, elle profite de ce bref instant d'accalmie pour se laisser bercer par le rythme de son garou, cheveux au vent, elle se donne un répit à cette aventure. Sven, quant à lui, n'a d'yeux que pour celle qu'il aime. Le soleil presque rasant qui filtre à travers l'épais manteau boisé semble finir sa course dans la chevelure d'Hanna, ajoutant une touche poétique à ce tableau. Il sourit, savourant la chance qu'il a d'être si proche d'elle à présent, se demandant malgré tout comment il n'ait pu trouver le courage de faire un pas vers elle quand ils étaient à Hemligstad. Le garou de Lisbeth a plus de mal que ses deux compagnons à se déplacer à cause de son imposante armure argentée. Elle aussi reflète la lueur perçante du soleil, créant une aura artificielle autour de sa cavalière. Les doigts de la jeune fille lâchent les rênes pour venir s'agripper sur l'épais manteau de fourrure du garou, montrant ainsi l'assurance qu'elle a envers lui. Parfois même quand celui-ci s'agite un peu moins, elle ose lui faire quelques caresses dans le cou comme un cheval que l'on récompense, ce qui ne semble pas lui déplaire, bien au contraire. La fusion entre les deux êtres est plus grande à mesure qu'ils avancent. Dans ces instants de bonheur partagé, les trois garous gardent leur sens en éveil. À présent, leur regard concentré sur l'objectif s'élargit aux abords de la forêt, leurs oreilles se déploient, leurs truffes se mettent à humer des parfums inconnus. Soudain, le garou de Lisbeth ralentit sa course, puis s'arrête.

— Il semble que nous ne soyons pas seuls.

Les trois garous gardent une posture de défense, il dessine un cercle et attendent patiemment. Lisbeth s'adresse alors à lui afin de comprendre la situation.

— Tu as vu quelque chose, dis-moi ?

— Ils nous suivent depuis une heure environ. Ils savent sûrement se cacher, mais leur odeur putride les trahit. Trois faucheurs escortés d'un saural.

— Je confirme, dit l'autre garou.

Le troisième acquiesce à son tour dans un grognement sinistre. La meute est en alerte, chacun observe dans une direction bien précise. Il n'est pas question pour eux de subir une embuscade aussi près du but. Les babines se relèvent, suivies d'interminables grognements, ce qui ne rassure guère les trois adolescents. Le chef de meute fronce ses sourcils, le regard noir et concentré.

— Je ne pense pas qu'il soit là pour s'attaquer à nous, d'ailleurs il ne ferait pas le poids. Ils doivent sûrement être envoyés pour nous espionner. Ce qui veut dire que nous sommes sûrement attendus par Feulkhan. La montagne noire où nous devons nous rendre sera très certainement une épreuve de plus à affronter, mais nous n'avons pas le choix. Nous pourrions accélérer le pas et semer très facilement les faucheurs qui sont de nature plutôt lente, mais il sera difficile d'en faire autant avec le saural. J'espère ne pas me tromper et ne pas avoir à livrer bataille aujourd'hui. Ce n'est pas ces bêtes dégoulinantes qui me font peur, nous les balaierons d'un coup de patte. Leur chef, quant à lui, est agile et puissant. Nous ne voudrions pas avoir à essuyer des pertes inutiles avant même d'arriver à la montagne noire auprès de nos amis.

Lisbeth glisse une main réconfortante dans la crinière de sa monture afin de la déstresser un peu.

— S'ils ne s'attaquent pas à nous, ne perdons pas de temps ici et reprenons notre marche, de toute façon ils savent maintenant où nous sommes et où nous allons.

Les trois garous tournent leurs talons et reprennent leur marche sans toutefois cesser de grogner. Leurs pas s'accélèrent, les yeux fixés sur l'horizon ils décident de semer leurs espions. Chacun d'eux prévient son hôte de bien se cramponner. Aussitôt ils amorcent une course folle à travers la forêt, bondissant parmi les fougères, prenant parfois appui sur les imposants troncs d'arbres, ce qui leur permet de se propulser encore plus loin. Hanna retient son souffle, la peur l'envahit, elle risque de se retrouver dans les griffes d'un de ses poursuivants. De petits gémissements qu'elle laisse échapper alertent la curiosité de Sven qui tente de la rassurer.

— Fais comme moi, Hanna ! Accroches- toi, tout va bien se passer ! Fais-moi confiance !

Se sentant légèrement rassurer, elle esquive un sourire crispé, puis blotti sa tête dans l'épaisse crinière de son garou, attendant la fin de ce périple. À mesure qu'ils progressent, la végétation se fait de moins en moins dense. Des rochers ici et là font leur apparition, permettant à la meute de prendre un peu plus d'appui et de hauteur. Une clairière se dessine à quelques dizaines de mètres devant eux. Au centre se dresse une colline caillouteuse, où les trois garous s'empressent de grimper. Une fois en haut, ils profitent de leur position afin de regarder s'ils sont toujours poursuivis. Les poils hérissés, les yeux plissés, ils observent patiemment et restent aux affûts. Le garou de Lisbeth s'assoit, laissant descendre de son dos la jeune fille il s'adresse alors aux autres.

— Je crois que nous les avons semés. Ces roches indiquent que nous sommes bientôt arrivés à notre lieu de rendez-vous. Je distingue quelques odeurs que nos amis ont laissées derrière eux. Nous devons être à une heure de marche tout au plus.

Les regards se décrispent et les deux autres garous prennent la même posture. Sven et Hanna descendent doucement puis font quelques étirements bien mérités. Ils laissent derrière eux leur monture haletante, épuisés de l'effort qu'ils viennent de fournir. Chacun tente de récupérer à sa façon, le plus affaibli de tous est sans nul doute celui de Lisbeth. Il se couche ventre à terre faisant jaillir de ses flancs un jet de poussière. La jeune fille s'avance vers lui, posant ses mains sur sa tête, elle caresse son front dégoulinant de sueur. Des gestes insignifiants, mais rassurants pour le garou. Il n'a jamais connu une telle affection jusqu'à présent et semble prendre plaisir à les recevoir. Quelques minutes plus tard, ils reprennent leur route, détendus et rassurer.

Dans la base de l'IMU, le colonel Savage s'apprête à quitter sa chambre. Le regard attendri, ils scrutent une photo de sa fille encadrée, posée sur le bureau. Tout ce qu'il a à faire aujourd'hui, il le fait pour les enfants, pour l'humanité, mais surtout pour elle. Dans un profond soupir, il sort de sa chambre et arpente les longs couloirs de la base secrète. Après une succession de mesures de sécurité visant à s'assurer de son identité, telles que des capteurs biométriques, il pénètre dans un sas d'où s'échappe une fumée blanche. Une fois l'intérieur la porte se referme puis une autre s'ouvre de l'autre côté, donnant accès à une grande salle encerclée de passerelles sur lesquels se trouvent plusieurs gardes armés jusqu'aux dents. L'ambiance est plombante, ici la sécurité a été renforcée. Une passerelle élévatrice le fait descendre au niveau inférieur ou l'attend sa nouvelle équipe d'assauts. Sur les côtés de la salle se tiennent à disposition les armures de combat ainsi que les armes de pointe fermées dans des caissons en verre pressurisés. Le général O' Brian lui aussi fait son entrée. Il reste au-dessus de l'élévateur les mains posées sur la rambarde, se tenant droit, s'adressant fièrement à ses troupes.

— Soldats, aujourd'hui est un grand jour. Nous allons mettre un terme à cette gangrène, et allons refermer cette porte qui a causé tant de souffrances à l'humanité. Chacun d'entre vous connaît les risques, vous savez donc que cette mission peut, si elle se déroule bien, vous ramener ici tous en vies. Vous avez tous été sélectionnés pour vos aptitudes au combat. Vous êtes les meilleurs des meilleurs et je suis sûr que vous agirez comme tel. Aujourd'hui le monde a les yeux tournés vers nous. Tous attendent que nous leur ramenions leurs enfants, nous savons qu'il n'en sera rien. La mission principale étant de fermer ces foutues portes. La mission secondaire, s'il y a quoi que ce soit qui s'oppose à vous ou mieux, si vous rencontrez le responsable de tout ce carnage, faites-moi plaisir. Bottez-lui le cul ! Rompez !

Les trente-deux hommes qui constituent l'élite lèvent les poings en l'air, hurlant des cris d'encouragement pouvant les mener à la victoire. Le colonel Savage s'avance vers une console située au milieu de la salle où il actionne un bouton-poussoir. Les caissons de verre s'ouvrent, faisant échapper la pression stockée à l'intérieur. Les soldats s'équipent de leur nouvelle combinaison non sans mal, car il s'agit là d'une armure peu conventionnelle. Les protections qui la constituent sont telles, qu'ils ressemblent à une armée de robots. La seule arme qu'ils possèdent et dont ils connaissent les caractéristiques, reste leurs fusils d'assaut, pour ce qui est de celle à impulsion électromagnétique ils n'ont pas eu le temps de la tester. Il la manipule donc dans tous les sens l'observant sous tous les angles. Au premier abord elle semble légère avec une bonne prise en main. Au bout d'une dizaine de minutes, les voilà tous équipés, leurs casques sous le bras, aux garde-à-vous, attendant les ordres. Le colonel Savage est prêt lui aussi, il se tourne vers son équipe.

— Je ne vais pas revenir sur ce qui a été dit jusqu'à maintenant par le général O'Brian. Au vu des images qui nous ont été rapportées de ce monde hostile, nous savons très bien qu'il y aura des pertes, que beaucoup d'entre nous ne reviendront pas, voir même aucun. Il s'agit là probablement d'une mission suicide, mais c'est le dernier espoir pour notre monde. Nous allons donc chercher la faille, fermer les portes, si besoin est trouver les responsables. Au cas où nous échouerions, nous avons ordre d'actionner l'allumage d'une ogive nucléaire. Nous ne disposerons alors que de trente minutes pour quitter les lieux. Pour le moment, nous allons attendre dans cette salle qu'une porte s'ouvre. En effet, nous avons répété la dernière opération de capture d'un faucheur. La pièce à côté, elle aussi sous haute surveillance accueil à l'instant où je vous parle de jeunes enfants dans un dortoir artificiel, qui seront évacuées à la première manifestation. La porte se trouvant derrière moi s'ouvrira alors, et nous devrons pénétrer dans l'autre monde. La bombe quant à elle, étant extrêmement lourde, sera acheminée au moyen d'un drone téléguidé roulant, tel que celui qui a effectué la première mission d'exploration. Un premier groupe de seize hommes, l'équipe «alpha» sera chargée d'observer et de quantifier les forces ennemies. Le second, l'équipe «bêta» aura la charge de couvrir les autres, pendant que le robot ira se situer à son emplacement le plus propice. Quant à moi, je me positionnerai en escorte près de la bombe, et j'actionnerai le compte à rebours si besoin est. La nuit va être longue, c'est pourquoi je vous conseille de vous reposer. Rompez !

Chapitre 13

La végétation au sol se raréfie de plus en plus et Lisbeth a le sentiment qu'ils approchent de leur but. Tout comme ses deux amis, elle se réjouit de retrouver Peter et Linn. Le sol caillouteux s'assombrit laissant présager qu'ils seront bientôt au pied de la montagne noire. De cette longue marche, les trois garous sont épuisés, ils ne livreront pas bataille aujourd'hui. La lumière du soleil devient de plus en plus aveuglante, les arbres se dissipent laissant entrevoir des silhouettes à contre-jour. Il semble y avoir de l'agitation. Sven pointe du doigt dans leur direction.

— C'est eux ! On est arrivé, enfin !

Les trois voyageurs et leur monture exultent de joie, cela fait bien longtemps qu'ils attendaient ce moment. Sortant de l'obscurité, les voici qui pénètrent dans une région immense constituée de plaines vallonnées sur lesquels s'amassent quelques roches noires. La végétation qui les recouvre est de toute beauté. Le garou progresse pas à pas sur un épais tapis de mousse scintillant aux reflets du soleil. De magnifiques fleurs se dressent ici et là, elles rentrent aussitôt dans la mousse pour se cacher dès que les pas des garous se font trop proches. Ce qui n'est pas sans amuser les trois adolescents. Hanna tente de cueillir l'une d'elles en se laissant glisser sur le dos de sa monture, mais en vain. Insistant malgré tout, elle parvient à toucher du bout des doigts l'une des pétales, mais très vite perd son équilibre et chute face contre terre. Heureusement les garous marchaient d'un pas plutôt lent, Hanna reste au sol le nez enfoui dans la mousse. Aussitôt Sven alertée par le bruit se retourne et cri.

— Hanna !

Sans perdre une seconde il se jette à terre et court la rejoindre. Arrivé à un mètre d'elle, il observe attentivement inclinant sa tête, cherchant un signe vital distinct. Hanna lève les yeux vers lui, le visage couvert de mousse. Sven l'aide alors à se relever, il la regarde. La surface de sa peau souillée se met à scintiller de mille feux. Elle laisse échapper un léger rictus se sentant quelque peu honteuse. Tout ce vacarme a alerté les autres toulghariens qui accourent pour leur prêter main forte. Rassuré, Sven sourit et très vite les jeunes amoureux se mettent à rires aux éclats. Le reste du groupe comprend alors qu'il s'agit là d'une situation bien cocasse et rit à son tour. Lisbeth descend et rejoint ses amis. Les retrouvailles se passent dans la joie et la bonne humeur. Parmi les milliers de toulghariens, un groupe les accueille avec le plus grand soin, puis les escorte près d'un campement de fortune qu'ils ont installé pour passer la nuit. Ainsi ils pourront se ressourcer et récupérer les forces qui leurs seront nécessaires le lendemain. Quelques grils et Alfats sortent eux aussi de la forêt, accompagnés de Peter et Linn. Ils étaient partis chercher des provisions ainsi que du bois pour se réchauffer. Interloqués par tout ce remue-ménage ils s'avancent dans la foule et comprennent très vite d'où vient toute cette agitation. Tous deux lâchent leurs encombrantes provisions et se jettent dans les bras de leurs amis. Le reste de la journée se déroule dans la joie au sein d'un peuple soudé, uni pour la même cause.

Pendant ce temps, dans la salle secrète de l'IMU, les soldats s'occupent comme ils peuvent. Apprenant à se connaître, certains échangent des photos de leur famille. D'autres s'adonnent à quelques parties de poker. Tous essayent de masquer l'ambiance plombante qui règne dans la base, parfois même en se lançant quelques taquineries. Le colonel Savage profite de cet instant pour faire plus ample connaissance avec son équipe. Il prend place aux côtés d'un groupe de huit soldats. Aussitôt, les hommes se lèvent et se mettent au garde-à-vous.

— Repos, les gars. C'est peut-être les derniers moments que l'on a à passer ensemble, alors détendez-vous et oublions un peu le protocole.

Il se sert une tasse de café et s'assoie à leurs côtés. Les discussions reprennent, parlant de tout et de rien, cherchant à faire connaissance et à se changer les idées. L'un d'eux, le sergent Martinez se tourne vers le colonel et lui tend une photo.

— c'est ma fille, elle va avoir huit ans. Elle s'appelle Félicia, et nous venons de fêter son anniversaire. La photo est récente, nous l'avons prise il y a deux semaines.

Le ton de sa voix se met à trembler, les autres comprennent.

— Le lendemain où cette photo a été prise, ces salops me l'ont enlevé. J'ai laissé sa mère à la maison, lui jurant que je ne rentrerai pas sans elle.

Le colonel compatit à sa douleur, il sort de la poche de son blouson une photo, lui aussi. Et la pose sur la table.

— Je pense que nous avons tous perdu quelqu'un de cher, ou que nous le perdrons prochainement. Je comprends ce que vous ressentez.

Il lève sa tasse de café, et dit:

— A la mémoire de nos disparus, de nos enfants, puisse dieu nous donner la force de combattre et de rentrer sains et sauf.

Les autres lèvent à leur tour leur tasse, boivent une gorgée, dans un silence profond. À cet instant précis, Il ne sait pas encore que sa fille vient de subir la même atrocité, il y a à peine deux jours. L'ordre a été donné de ne rien lui dévoiler pour l'instant, afin de ne pas compromettre la mission. La soirée se déroule dans le calme et la bonne humeur. Toutefois il règne une certaine tension, chacun sait que le départ peut-être imminent. De temps en temps, les regards se tournent vers le fond de la salle où des gyrophares sont placés de part et d'autre d'une porte. Ils s'allumeront à la première alerte. La pièce qui les sépare est celle où vont dormir les enfants. Une fois de plus, tout a été minutieusement préparé. Des orphelins ont été convoyés dans ce dortoir artificiel où rien n'est laissé au hasard. Les lits sont montés sur des rails donnant vers des cloisons amovibles. Quand l'ordre sera donné, celles-ci s'ouvriront, évacuant ainsi les enfants pour les mettre en sécurité dans des salles communes. Les caméras à vision nocturne et thermique permettront de localiser l'arrivée des faucheurs sans mal. Il est presque 21h00, les enfants entrent et choisissent chacun un lit. Une infirmière passe leur donner des friandises. Un geste peu commun, pour coucher des enfants. Elle le sait, un somnifère a été administré à l'intérieur pour que tout se déroule au mieux. Tentant de masquer son inquiétude, elle sourit du mieux qu'elle peut et leur donne un baiser, peut-être celui d'un adieu. En quittant la pièce, la lumière baisse d'intensité, la plongeant progressivement dans la pénombre. Il ne faut que quelques minutes aux chérubins pour trouver le sommeil.

La nuit tombe sur Toulghar, dévoilant ses deux lunes dans un ciel magnifiquement étoilé. La meute de garous lève le museau en direction du ciel, ils hurlent aussi fort qu'ils peuvent. Les quatre adolescents observent la scène avec beaucoup de recul. Il a été tellement raconté de choses étranges sur cette espèce, qu'ils n'osent pas s'en approcher. De toute façon, ils ont mieux à faire pour l'instant. Ils profitent du bon feu pour se réchauffer et partager leurs aventures. Linn est tellement heureuse que Hanna ait survécu à ses blessures qu'elle ne la lâche plus. Peter et son frère se retrouvent légèrement à l'écart, mais eux aussi sont heureux d'être de nouveau ensemble. Lisbeth quant à elle, s'est assise à côté de Nolhan, sa présence la réconforte. Les griiars se sont posés, ils restent immobiles, dressés tels des gardiens surveillants le camp. Seul trois palbéras sont aux rendez-vous, ils restent prudemment en retrait pour ne pas risquer de brûler au contact du feu. Eux aussi semblent inertes, ils communiquent entre eux à leur façon. Leurs bras développent de longues branches qui s'entremêlent à celles de leurs semblables. Un peu plus loin, les elfus se sont posés sur un lit de mousse. Endormis, ils constituent une couverture luisante dans le noir que l'on peut voir à plusieurs dizaines de mètres de là. La plupart des toulghariens savent ce qu'il se cache dans les montagnes noires, même si beaucoup d'entre eux ne l'ont jamais vu. Nolhan prend alors l'initiative de dévoiler les secrets de cet endroit aux quatre enfants. Pour cela, Malna dépose à ses pieds un panier rempli d'herbes qu'elle a minutieusement choisi dans la forêt.

Palium et Cystop le rejoignent et prennent place autour du feu de façon à former un triangle. Ils écartent les bras et entrent en transe. Nolhan prononce des mots incompréhensibles, ses yeux comme ceux des deux autres alfats se révulsent. De leurs bras jaillit une fumée blanche qui tourbillonne autour du feu, décrivant des cercles vers le ciel. Puis il prend une poignée d'herbes et la jette dans le brasier. Une explosion fait sursauter Linn et Hanna.

Peter, Sven et Lisbeth sont hypnotisés par tant de beauté. Puis il prend une voix rocailleuse.

— Voici ce qui se cache dans ce que l'on nomme la montagne noire.

Une image en trois dimensions apparait parmi les flammes et l'épaisse fumée tel un film sur grand écran. Au fur et à mesure qu'il décrit l'endroit, la montagne dévoile ses secrets sous leurs yeux ébahis. Un endroit immense auquel on accède par un pont sculpté dans la roche. Celui-ci permet le franchissement d'un gouffre dont on ne voit pas le fond. Puis un chemin progressant vers d'étroites falaises. Une fois au bout, l'entrée ne se fait que part une sorte de grotte ornée de dents pointues. Elle est sombre et l'on distingue difficilement les autres passages donnant accès à des salles communicantes entre elles. C'est un gigantesque labyrinthe qui y est décrit. À un kilomètre environ, se dessine enfin la caverne de Feulkhan. Une voute de plusieurs dizaines de mètres est tenue par des piliers antiques. En son centre un passage vers la lumière, témoigne d'un effondrement qui a eu lieu autrefois. Pas plus grands que la surface d'un toit de maison, il reste un bien maigre accès pour les dragons, mais ils devront s'en contenter. Au centre de la salle est dressé un autel près duquel Feulkhan s'emploie à dessiner des centaines d'accès vers l'autre monde. D'innombrables bêtes y font leur entrée et en ressortent avec la capture d'un enfant. La scène se poursuit en pénétrant dans des grottes situées à l'autre extrémité. Elles donnent vers la sortie d'où une lumière aveuglante jaillie, obligeant tout le monde à se cacher les yeux. Nolhan, Cystop et

Palium baissent les bras, la fumée se dissipe, l'image disparait petit à petit. Son regard reprend un aspect normal, il s'adresse alors aux enfants médusés.

— Grâce aux Dimak, vous savez maintenant ce qui vous attend dans cette région de Toulghar. Comme vous l'avez constaté, le seul moyen d'accès est le franchissement de ce pont. En cas de besoin, nous devrons faire soit le chemin inverse, soit traverser cette région hostile en direction des montagnes blanches du royaume d'Agus. C'est une région très froide où vit un peuple solitaire et rustre. Cela fait bien longtemps que je n'ai pas entendu parler des yatos.

Peter se penche à l'oreille de son frère et murmure :

— j'espère qu'il ne fait pas allusion au yéti de nos légendes.

Nolhan à l'ouïe très sensible, il observe les deux garçons avec amusement.

— Encore une fois, les légendes de votre monde ne sont que des récits apportés de

Toulghar.

Le visage des garçons ainsi que celui des filles devient blafard.

— Les yatos sont des êtres à l'apparence humaine, très grands et très puissants. Leur corps est recouvert de poils blancs, leur permettant de se protéger du froid et de se cacher dans la neige. À ce que l'on sait d'eux, ils ont un tempérament plutôt irritable et se nourrissent de viande fraîche qu'ils chassent en groupe. Il vivrait dans un palais de glace au sein duquel une hiérarchie a été créée il y a plusieurs centaines d'années. Les rois d'Agus s'y sont succédés, en se défiant lors de combats à mort. Nous irions donc dans cet endroit qu'en seul recourt, car je sais très bien que nous n'y serions pas les bienvenus. Je ne veux rien vous cacher sur ce qui nous attend, notre combat est commun, mais à présent, vous devez vous reposer. Demain vous aurez besoin de toutes vos forces.

Les cinq adolescents se regardent muets, un peu plus inquiets de ce qui les attend. Nolhan les fixe un à un. Il sait qu'il vient d'attiser leur inquiétude, mais il ne pouvait pas les emmener vers l'inconnu, tout aussi dangereux soit-il.

— Je sais très bien ce que vous vous dites. Vous devez avoir des doutes qui planent au-dessus de votre tête, et c'est tout à fait normal. Dites-vous que nous n'avons pas le choix. Nous vous protègerons du mieux que nous pourrons, cependant nous sommes en guerre et demain sera un jour gravé dans l'histoire comme celui, je l'espère, de la délivrance. Vous êtes prisonnier de Toulghar et n'avez pas d'autre choix de combattre à nos côtés. Vous êtes jeunes et je comprendrais que vous renonciez au dernier moment.

Peter se lève lentement, observant ses amis d'un mouvement de tête circulaire.

— Je combattrais à vos côtés. Il ne s'agit pas que de Toulghar, mais de notre monde, des millions d'enfants, et de Nils.

Sven se dresse à son tour, prouvant son courage et son dévouement lui aussi. Ils sont très vite rejoints par Lisbeth, Linn et Hanna qui tente de retenir ses larmes à l'appel de son petit frère.

— Qu'il en soit ainsi ! Mais vous devez vous reposer à présent. Demain est un grand jour, vous aurez besoin de forces.

Le petit groupe rejoint les garous pour se blottir contre eux durant la nuit. Déjà allongés depuis quelque temps, ils les accueillent avec générosité. Leur faisant un peu de place, ils écartent leurs pattes et se positionnent sur le dos permettant aux enfants de se blottir dans leur flan, puis les abaissent lentement, ensevelissant de leur épaisse fourrure leurs hôtes épuisés.

Chapitre 14

Le soleil illumine la vallée de ses rayons rasant. La mousse se met à scintiller donnant l'impression que le camp flotte à la surface d'un lac. Les toulghariens se réveillent doucement. Après quelques séances d'étirements, chacun prend sa position, prêt à se mettre en marche vers la montagne noire. La nuit a été calme, y compris dans la base de l'IMU où les hommes sont épuisés après une nuit blanche. Ils savent pourtant que si rien ne s'est passé, ça n'est que partie remise. Marquant le coup, les soldats regagnent leur dortoir l'air déçu, afin de récupérer un peu. Le colonel Savage arpente le long couloir qui mène à sa chambre, le casque sous le bras, d'un pas lourd et dépité. Comme les autres de son équipe, il aurait tant aimé entrer dans l'autre monde. Il sait qu'à cet instant, d'autres enfants viennent de se faire enlever et ne peut s'empêcher de penser à sa fille. D'une main tremblante, il pénètre dans la chambre, pose son casque sur le bureau puis plonge sa main gauche dans la poche de sa veste et en sort la photo de Julie. De mauvaises pensées viennent encombrer sa tête. Aussitôt, il prend son téléphone portable et compose le numéro de son ex-femme.

Mais personne ne décroche, au lieu de ça, il tombe sur le répondeur. Le décalage horaire avec la France étant de plus de six heures, il devrait être environ 01 h 00 et tout le monde devrait dormir. D'un pas décidé, il actionne l'interrupteur d'un interphone se situant près de la porte.

— Vous avez demandé quelqu'un mon Colonel ?

— Oui, je voudrais m'entretenir avec le Général, c'est urgent.

— je transmets.

Quelques minutes plus tard, le général O'Brian entre dans la chambre.

Le colonel Savage salue son supérieur.

— Vous m'avez demandé Colonel. Qu'y a-t-il ?

— C'est au sujet de ma fille et mon ex-femme, je n'arrive pas à les joindre. S'il s'est passé quelque chose, dites-le-moi.

L'air jovial le général tente de cacher la vérité, mais il est un piètre comédien. Ses sourcils tremblants et son regard fuyant le trompent. Le colonel n'est pas dupe, il fixe longuement le général comme s'il voulait plonger son regard au fond de son âme. Il sait alors que le pire vient de se passer.

—Ça fait combien de temps, mon général ?

-Je n'ai pas le droit de vous en parler, il en va de la sécurité de la mission, désolé.

Puis il tourne ses talons et quitte la pièce. Face à tant d'incompassion, la colère monte. Son poing se lève brusquement et frappe la porte en métal. La main ensanglantée laisse derrière elle une large emprunte, marquant avec quelle force le colonel vient de vider ses nerfs. Prenant la photo laissée sur le bureau, il l'approche près de sa bouche et embrasse l'image de sa fille, puis l'a dépose sous le filet de son casque lui donnant l'impression qu'elle veillera sur lui tel un ange au-dessus de sa tête. Une longue journée l'attend avant de reprendre sa mission qui à présent, a le gout de la vengeance.

Les milliers de toulghariens se mettent en marche en direction de la montagne noire. Les enfants, grimpés sur leur garou fixe l'horizon qui se dévoile peu à peu. La montagne n'est plus qu'à quelques heures de marche, ils y seront aux premières heures de l'après-midi. Profitant de ce répit, les femmes alfats distribuent de la nourriture à leur peuple et au reste du groupe. À mesure qu'ils avancent, ils découvrent avec stupéfaction l'immensité de cet endroit maléfique. La végétation se raréfie, ce qui était il y a encore une heure, de la mousse couverte de fleurs, n'est plus qu'un amas de roches volcaniques. Rien ne pousse, une odeur de soufre flotte dans l'air accentuant un peu plus l'impression d'approcher de l'enfer. De temps à autre, les regards des deux jeunes couples s'échangent, voulant simplement dire qu'ils ne veulent pas se quitter. Les garous l'ont bien senti, ils se rapprochent de leurs congénères afin que les adolescents puissent entrer en contact. Peter attrape la main de Linn, la serrant fermement dans la sienne pour ne plus la lâcher. Sven copie son frère, les deux couples se retrouvent, ce qui rend le voyage plus agréable. Lisbeth est restée en tête du groupe concentrée sur son objectif, elle sait qu'elle devra affronter Feulkhan et montrer le plus grand courage. Une dizaine de dragons survolent l'armée toulgharienne avec grâce et volupté. Ils permettent également de signaler un danger longtemps à l'avance. Soudain, ils piquent à quelques centaines de mètres plus loin, tournoyant dans les airs pour indiquer un point, puis reviennent vers Nolhan qui est de par son grand âge et sa stature au sein du groupe, pris comme un leader. Un elfus les rejoint pour effectuer une traduction. L'un des dragons bat des ailes, ralentissant sa course et se pose en douceur. Des grognements caverneux sortent de sa gueule. L'elfus situé à proximité de l'oreille du patriarche lui traduit.

— Il semble que nous soyons arrivés au terme de notre voyage. Au bout de cette route, un immense pont permettant le passage vers la montagne noire surplombe un gouffre sans fin. C'est le seul chemin d'accès pour traverser.

Nolhan acquiesce et montre la voie d'un signe de la main. Tous reprennent la marche vers ce pont. Le soleil est au zénith lorsqu'ils arrivent enfin aux abords du précipice. Un pont taillé dans la roche, d'une centaine de mètres, les sépare de l'autre rive. Son architecture est composée de longues stalactites prenant appui sur les parois et assurant sa résistance. Jamais Lisbeth n'a vu un tel édifice, elle est effarée. Un groupe d'alfats et de grils passe devant pour le traverser. Soudain, d'énormes blocs de pierre sont projetés du sommet de la montagne. Ils s'abattent sur le pont qui commence à se craqueler sous les chocs. Nolhan ordonne le retrait immédiat, hurlant de toutes ses forces. Mais le vacarme que font ces blocs de pierre l'empêche d'être entendu. Il est trop tard, ils sont à mi-chemin et ne peuvent plus revenir en arrière. Certaines de ces roches géantes heurtent même des alfats, les tuant sur le coup, quelques grils les suivent à leur tour. Dans la panique, l'un d'eux se jette dans le vide espérant éviter une mort abominable. Le pont tremble, bouge de tous côtés. Le voilà qui se rompt en trois parties. Les deux blocs les plus importants attachés aux rives se désolidarisent, amorçant une descente dans les abîmes faisant un vacarme insupportable. Le troisième situé au centre n'a guère le choix que de s'enfoncer à son tour. Le groupe de dix survivants restant observe son clan s'éloigner dans des hurlements de terreur. Les dragons tentent de voler à leur secours, mais la manœuvre est bien trop périlleuse avec toutes ces roches tombant du ciel. Nolhan et Falghot assistent à la disparition de leurs frères de sang les bras béants, impuissants. Tout cela a profondément choqué la population qui marque un temps d'arrêt. Les projectiles cessent leur affront, un épais nuage de fumée remonte du gouffre vers la surface dans un silence de mort. Il n'y a plus de moyen pour traverser, les toulghariens sont démunis. C'est alors que Plum s'avance, rejoint par les siens. Les trois palbéras se positionnent à intervalle régulier d'une vingtaine de mètres les un des autres. Faisant quelques pas, ils s'arrêtent au bord du précipice et se concentrent. Peter et Sven ont la même mimique. Ils inclinent leur tête essayant de comprendre toute cette mise en scène. Un elfus se pose sur l'épaule de Lisbeth.

— Jusqu'ici, tout le monde s'est moqué des palbéras, sans jamais mesurer la grandeur de ce peuple. Je pense que cette épopée commence ici et avec eux. Ce qui peut sembler inutile ou faible, peut également se révéler d'un grand secours. Chacun ici a son importance, même toi Lysbeth. La leur est de nous ouvrir la voie. Observe et souviens-toi de ces êtres qui vont jusqu'à donner leur vie pour le peuple de Toulghar.

— Comment ça donner leur vie ? Tu ne veux pas dire qu'ils…

— Je l'espère pour eux, mais l'assaut que nous venons de subir pourrait bien recommencer. Quelqu'un nous observe, c'est certain. Et ils sont prêts à recommencer à la moindre occasion. J'espère juste que tout ira bien jusqu'à ce que nous traversions.

À présent les trois palbéras se mettent à trembler de la tête aux pieds. Leurs jambes enflent de plus en plus, faisant jaillir des racines en direction du sol. Celles-ci s'enfoncent dans un lit caillouteux, grossissant à grande allure. Puis les bras s'écartent et une multitude de branches se développe. S'enchevêtrant les unes dans les autres, elles constituent une liane tissée qui ne cesse de grimper vers le ciel. Les trois palbéras sont maintenant des géants de bois, leur extrémité se rejoignent, puis l'immense perche qu'ils forment amorce une descente vers l'autre rive. À mesure de leur chute, d'autres racines prennent vie en dessous et vont chercher appuis le long des parois. L'imposant tas de bois vient se fracasser sur l'autre côté dans un rebond de plusieurs mètres. La mutation continue son œuvre, un nouveau pont de bois se forme sous les yeux médusés des toulghariens. Malheureusement, la pluie de roches reprend son action meurtrière. Cette fois, les dragons entrent en action et interceptent quelques blocs. Les griiars leur portent main forte à leur tour. Ils montent sur le pont de bois qui fléchit sous leur poids et les protègent ainsi des coups. Aussitôt l'ordre est donné par Nolhan de traverser.

— C'est maintenant ou jamais ! Peuples de Toulghar, votre avenir est de l'autre côté ! En avant !

Des centaines d'entre eux se précipitent sur le pont. Ils passent sous la carcasse des griiars leur servant de bouclier. Malgré cela, beaucoup d'entre eux succombent aux assauts incessants de pierres. Les premiers qui atteignent l'autre bord courent se mettre à l'abri dans les failles de la montagne. Le pont montre ses premiers signes de faiblesse, quelques lianes se brisent comme du verre, faisant tanguer l'édifice. Il reste environ deux cents toulghariens à faire passer et dans le ciel les roches ont pris un aspect scintillant. Au sommet de la montagne, le saural les observe. Il donne ses ordres aux faucheurs d'attaquer. Plusieurs dizaines de catapultes sont dressées face à leurs ennemis. Les pierres sont à présent recouvertes d'une matière huileuse à laquelle ils mettent le feu. Si les blocs de pierre ne peuvent pas venir à bout des griiars, les flammes rongent les corps des palbéras. Certains encore sur le pont, s'exposent au contact du feu. La température et la fumée sont insupportables, il ne reste plus personne de l'autre côté. Pour les retardataires, il est trop tard, les griiars progressent vers le bord et quittent cette passerelle enflammée. La centaine de toulghariens pris au piège, hurle de douleur. Pour les palbéras, s'en est assez, ils lâchent leur étreinte contre la paroi et se laissent aller vers le fond. La lueur qui se dégage s'amenuise les faisant glisser dans l'obscurité. La bataille n'a même pas commencé, et les toulghariens viennent déjà d'essuyer de lourdes pertes. Au pied de la montagne, Nolhan, l'air triste, observe l'entrée d'une grotte. La même qu'il avait projetée aux jeunes adolescents la nuit précédente. Stalactites et stalagmites ornent son entrée, dessinant dans la roche, une bouche géante arpentée de dents. Ainsi, ils pénètrent dans l'antre, les sens en éveils, suspicieux de ce qui pourrait leur arriver. Le saural jubile, les observant compter leurs pertes et progresser avec moins d'engouement. Puis il se tourne vers les faucheurs.

— Tuez-les jusqu'au dernier. Le seigneur Feulkhan doit poursuivre son œuvre. Ils ne doivent pas l'atteindre. Réveillez les autres et faites ce dont pourquoi vous avez été créés.

La meute de faucheurs s'engouffre alors dans des cavernes menant au centre de la montagne. Plongés dans la noirceur due sous terrain, les toulghariens avancent lentement et en silence. Pour les aider à y voir plus clair, les elfus usent de leur magie et illuminent le passage. Le long tunnel sans fin s'enfonce vers le centre de la montagne noire. Les parois larges de plusieurs mètres dégoulinent d'un liquide noirâtre ce qui indique qu'ils sont sur la bonne voie. Lisbeth et ses amis se sont placés en tête du cortège. Les garous sur lesquels ils montent, grognent d'inquiétude. La viscosité des parois donne l'illusion d'une matière en mouvement cherchant à les encercler. Tous progressent avec inquiétude à travers le long corridor menant vers la salle centrale où siège Feulkhan. Seuls les griiars ont du mal à se frayer un chemin à cause de leur imposante stature. Ils rampent, jouant des épaules, s'enduisant à chaque fois de cette matière putride.

Des sirènes retentissent dans la base secrète de l'IMU. Des gyrophares illuminent chaque couloir créant une atmosphère stressante. Tout le monde se précipite à son poste et en moins d'une minute l'équipe du colonel Savage est engagée dans la salle d'intervention. L'arme atomique est engagée, suivie des soldats. La main sur leur arme, Ils sont tendus, mais prêts à en découdre une fois pour toutes. Le colonel se tourne vers eux.

— Cette fois, c'est la bonne ! Chacun sait ce qu'il a à faire. Équipe « Alpha », passez en premier pour une reconnaissance ! Équipe « Beta », avec moi en couverture jusqu'à ce que j'ai armé la grosse Berta !

— À vos ordres !

Les yeux crispés, la tension se lit sur leur visage. Soudain, une porte face à eux s'écarte, leur donnant accès à la pièce où dorment les enfants. Les lits sur roulettes terminent leur course au travers des murs les sécurisant de cet endroit. La pièce est alors dans le noir le plus complet, le colonel fait signe de sa main à son équipe de faire silence. Une lueur jaillit de sous un lit où dort encore un enfant. Il est le dernier à ne pas avoir été évacué afin de prendre au piège un faucheur. Sa main sort hasardement des ténèbres, telle une araignée tâtonnant son chemin vers sa proie. Puis il s'extirpe enfin de sa cachette et se dresse sur ses deux jambes. Immobile, il observe l'enfant avec attention pendant quelques secondes qui semblent interminables. Ses mains dégoulinantes et menaçantes se posent près de son visage. Le colonel hurle :

— Action !

Les hommes tirent les premiers coups de feu sur le faucheur prenant soin d'économiser leurs munitions. La tête explose sur le pauvre garçon endormi, pendant que le lit file vers la salle voisine afin de se mettre en sécurité. Il ne reste alors que le cadavre du faucheur au milieu de la pièce, gisant dans une marre de boue noire. Les soldats détournent le regard, car ils savent qu'il est en train de reprendre son apparence d'origine, celle d'une petite fille âgée de six ans, le corps mutilé.

Lisbeth aperçoit une lueur très discrète au bout du tunnel annonçant qu'ils sont enfin arrivés à destination. Nolhan rejoint le groupe de tête, se frayant un chemin entre les garous. Prenant appui sur le long bâton qui lui sert de canne, il se positionne comme observateur, scrutant la salle du ténébreux Feulkhan. Comme ce qu'il avait décrit par le Dimak, la salle est immense. Elle s'étend à perte de vue, recouverte d'un dôme creusé dans la roche. En son sommet, quelques rayons de la lumière extérieure parviennent à percer jusqu'à l'autel en contrebas, où se trouve Feulkhan. Mais il y a un souci. L'ouverture a été rebouchée. Des sauraux sont grimpés jusqu'en haut du dôme, acheminant des blocs de pierre. Lesquels ont été récolés par le ténébreux grâce à la magie du Molvar. Une multitude de cercles de lumières sont encore ouverts vers l'autre monde. Des faucheurs y entrent puis en ressortent, capturant des enfants terrorisés. Le va-et-vient est incessant. De là où il se trouve, c'est comme si il observait une fourmilière géante. Malgré la présence de quelques faucheurs sur les parois, pour surveiller les abords de la grotte, tout a l'air tranquille et c'est bien ce qui l'inquiète. Son regard se fronce.

— C'est trop calme, et ils ne sont pas tous là, alors qu'ils sont au courant de notre présence. Même Feulkhan, fait mine de ne pas nous voir. Ils vont nous tendre une embuscade. La seule solution pour nous est de faire masse et foncer dans le tas. Les griiars et les grils se positionneront autour des garous pour faire un bouclier. Nous progresserons vers le centre de cette salle pour reprendre le Molvar et venir à bout de cette malédiction une fois pour toutes.

Disant ces mots, il se tourne vers Lisbeth.

— Tu te sens prête ?

— Oui, il le faut bien. Je n'ai pas fait tout ce chemin pour baisser les bras maintenant.

— Bien. Quand tu seras face à lui, n'hésite surtout pas. Prends le Molvar et tue cette bête immonde.

Puis il se tourne vers le reste du groupe et lève les yeux vers les elfus qui s'avancent vers lui.

— Mes amis, lisez dans mes pensées et avertissez les autres que nous allons attaquer. Que chacun sache ce qu'il a à faire et se tienne prêt.

Aussitôt les elfus prennent leur envol et se dirigent vers chaque groupe de Toulghariens. Les lumières qu'ils dégagent illuminent le long tunnel sur des dizaines de mètres. Cinq minutes ont passé, il est l'heure. La lumière des elfus remonte le long de la galerie jusqu'à Nolhan suivi des griiars qui profitent de l'élargissement des galeries pour doubler les autres. À présent qu'ils sont tous avertis, il est temps. Nolhan lève son bâton pointant vers le dôme et cri.

— Toulghariens ! Battez-vous pour votre salut !

Les griiars dévalent le long des parois rocheuses pour atterrir quelques mètres plus bas dans un fracas de pierres entrechoquées. Un épais nuage de poussière se forme camouflant la progression des grils suivis des garous. Tout le reste se positionne en retrait, fermant ainsi la marche du groupe. Une fois en bas de la salle, grils et griiars forment un cercle autour des garous qui progressent vers le centre. Soudain, la voix de Feulkhan résonne dans la montagne.

— Bienvenue ! Nous vous attendions ! Tant de chemin pour finir ici. Car c'est là que vous creuserez votre tombe !

La main du ténébreux s'agite, décrivant des cercles. Il ferme les portes une à une, son objectif n'est plus de grossir ses troupes, mais d'attaquer. Aussitôt, des centaines de faucheurs jaillissent des parois rocheuses. Leur nombre est si important, qu'ils recouvrent jusqu'au moindre centimètre les abords de la salle. Il est impossible de les distinguer précisément. Seule une couche visqueuse dégouline le long des murs. Les deux clans vont en découdre et le groupe de toulghariens bientôt au centre la pièce est maintenant encerclé. Les premiers faucheurs se jettent sur les colosses de pierre, les faisant plier sous leur poids. Leurs poings se lèvent dans les airs, projetant des dizaines de leurs assaillants. Un groupe de sauraux s'étant ralliés à leur congénère, vient leur prêter main-forte, malgré leur petit nombre. D'autres faucheurs reviennent en nombre, comme s'ils ne craignaient pas la mort. Les grils sont assaillis à leur tour, les armes blessent les premiers faucheurs. La voix de Nolhan retentit dans le vacarme.

— Tenez bon mes amis, nous y sommes presque !

Feulkhan vient de cesser d'ouvrir des portes vers l'autre monde. Il voit l'armée de toulghariens plus déterminée que jamais lui faire face, résister, et se rapprocher de lui. Pour la première fois, il se sent en danger. Des alfats se sont postés devant les garous, armes aux poings, ils foncent vers le ténébreux tentant de lui assener des coups mortels. Mais les lames tranchantes ne parviennent pas à lui infliger de blessures. De ses mains se mettent à jaillirent des sortes d'éclairs de lumière, s'abattant sur les petits êtres. Les Alfats sont foudroyés, leur corps projeté reste inerte. Les voilà couverts de

brûlures, certains même, ont les membres arrachés.
Qu'est-ce qu'il peut bien arrêter une telle force se
dit Lisbeth ? Nolhan se fige alors face à son ennemi
et écarte ses mains. Leur texture devient
rougeoyante, puis il les claque avec force. Un
anneau de lumière est alors projeté en direction de
Feulkhan, le frappant de plein fouet. Propulsé au
sol, il rebondit et se retrouve à plat ventre. Essayant
de retrouver ses esprits, il ne s'aperçoit pas qu'une
porte de lumière est encore ouverte derrière lui. Un
groupe de seize soldats en sort et se positionne en
éclaireurs, suivi d'un deuxième et du colonel
Savage à sa tête. Il se passe quelques secondes
avant que les hommes de l'équipe « Alpha » ne
réagissent face à un spectacle d'une telle ampleur.
Ils n'en croient pas leurs yeux. Des centaines de
créatures légendaires sont en train de livrer bataille
au centre d'une montagne immense. À peine ont-ils
le temps de retrouver leurs esprits, qu'une horde de
faucheurs leur saute dessus. Aussitôt, ils ouvrent le
feu et vident leurs chargeurs sur les bêtes enragées.
En arrière, le colonel et l'équipe « Beta »
acheminent la bombe vers le centre de la salle.
Feulkhan qui les a vus donne immédiatement
l'ordre d'un geste de la main de s'occuper de ces
nouveaux assaillants. L'armée de faucheurs
augmente en nombre et charge sur les soldats. Au
sommet du dôme, subsiste une petite ouverture,
vestige d'une ancienne bataille. Des dragons
tournoyant dans le ciel, l'ont décelé. Ils foncent vers
celle-ci et de leurs griffes acérées, arrachent un à
un, de lourds blocs de pierre. Le passage s'élargit
peu à peu, bientôt ils pourront eux aussi rejoindre

les autres dans la bataille. De leur côté, les quatre adolescents tentent de leur mieux pour repousser leurs ennemis. Donnant des coups d'épée en tous sens, ils parviennent à en blesser quelques-uns. Le garou de Lisbeth sort du groupe et d'un bon, se propulse sur Feulkhan. La jeune fille, bien cramponné, lâche l'étreinte quand elle arrive à sa portée. Elle se trouve alors propulsée sur lui et plante son épée en plein cœur. Malheureusement, celui-ci se débat et jette la pauvre enfant dans les airs. Puis il extirpe la lame de ses entrailles dégoulinantes et se tourne vers elle.

— Alors c'est toi dont je dois avoir peur ? Ah, ah !

Lisbeth est restée au sol, elle l'observe sans broncher. La peur l'envahit, elle ne peut plus faire un mouvement. Le ténébreux s'avance vers elle d'un pas décidé et lève une main menaçante. Au moment de s'abattre sur son visage, celle-ci part en éclats. Plusieurs explosions la déchiquètent comme une vulgaire poupée de chiffons. Le sergent Martinez envoie une rafale de balle sur sa main. Il avance en hurlant vers la bête qui le dépasse de plusieurs têtes. Au même instant, le garou de Lisbeth se jette à son coup et le mort violemment à la gorge. Feulkhan le saisit de son autre main et s'en débarrasse comme d'un simple déchet. Tombé aux côtés de sa cavalière, il profite de cet échec pour l'évacuer de cette zone dangereuse. Le colonel Savage qui a observé la scène, a lui aussi reconnu des enfants de son monde. Mais il est trop tard pour reculer. Concentré sur son objectif, il commence l'amorçage de la bombe. Il ouvre un compartiment donnant accès à un clavier numérique sur lequel il tape une série de chiffres. Puis, il actionne un bouton rouge au-dessus. Un compte à rebours commence alors. Sur un cadran, on peut lire trente minutes. C'est le temps qu'il leur reste pour évacuer la zone de combat et rentrer dans leur monde. Pris par la bataille, personne n'a remarqué cette arme silencieuse menaçant de tous les anéantir. Face à une défaite évidente, Nolhan donne l'ordre aux toulghariens de fuir vers l'autre côté de la montagne. Dans un combat titanesque, une lente progression commence vers le tunnel menant à la sortie. Le colonel Savage lui aussi donne l'ordre à ses équipes de se replier vers la porte encore ouverte. Ils se précipitent à toute vitesse vers leur issue de secours, prenant soins de couvrir leurs arrières. Des faucheurs tentent de leur barrer la route en se jetant dessus. Les fusils d'assaut tirent en tous sens. Le bruit qu'ils produisent résonne sur les parois de la salle, ce qui attire l'attention de Feulkhan. Il aperçoit un groupe de trois hommes passer à travers la porte lumineuse et d'un geste de la main, lui commande de se refermer. Un quatrième soldat se trouve pris au piège en traversant. L'anneau de lumière se resserre sur lui rapidement pour finir par le couper en deux. Seuls ses jambes et son tronc restent coincés. Inertes, elles jonchent au sol dans un bain de sang. Nolhan regarde le colonel encore sous le choc.

— Suivez-nous si vous voulez vivre !

Ils n'ont guère le choix. D'ailleurs, dans ce groupe, il reconnait des enfants terriens.

— Vous avez tous entendu ? On les suit ! Équipe « Alpha », en couverture ! Équipe « Beta », avec moi en escorte vers la sortie !

Les premiers toulghariens parviennent enfin à l'entrée du tunnel, suivi des garous et des enfants. Seule Lisbeth et son garou manquent à l'appel. Ils sont restés en retrait pour finir ce pour quoi ils sont là. Lisbeth s'avance près du soldat Martinez.

— Vous devez m'aider à reprendre le Molvar, c'est le seul moyen d'en venir à bout.

— Qu'est-ce que c'est que ce Molvar ?

— C'est une dague magique. Elle lui sert à ouvrir d'autres portails vers notre monde. C'est aussi la seule arme capable de le tuer. Mais son possesseur ne peut être personne d'autre que moi.

Embarrassé, il fait signe au reste de l'équipe de couvrir la jeune fille pour l'aider dans sa tâche. Une ruée de balles s'abat sur le ténébreux, lui faisant perdre son équilibre. Il trébuche et tombe par terre. Aussitôt le garou se propulse d'un bon majestueux près de lui. Lisbeth, bien cramponnée sur sa crinière, se penche en pleine course et lui arrache des mains l'objet tant convoité. Sans relâcher d'effort, ils tentent l'impossible. Elle se jette dans les airs vers Feulkhan gisant au sol. La pointe de la dague se dirige vers sa poitrine, elle n'est qu'à quelques centimètres de sa victime. Soudain, un saural la heurte avec violence. Se trouvant déséquilibrée, elle finit sa course près de l'autel. Le Molvar lui échappe des mains une fois de plus et l'étau se resserre sur elle. Cette fois plus personne ne peut plus rien pour elle. Les faucheurs l'ont encerclé, ils forment un cercle infranchissable autour d'elle. Les soldats démunis, quittent à leur tour la salle au risque d'y laisser leur vie. L'équipe « Alpha » est la dernière à quitter les lieux. Mais au moment d'entrer dans le tunnel, une nuée de créatures se jettent sur eux. Le sergent Martinez et quatre autres soldats sont capturés. Feulkhan, s'interrogeant sur ces intrus et la façon dont ils sont venus donnent immédiatement l'ordre de les garder en vie.

— Je les veux vivants. Ils ont beaucoup de choses à nous dire !

Les centaines de bêtes immondes escortées de leur chef, à peine remit de ses blessures, s'avancent vers la jeune fille. Prenant appui sur ses bras, elle rampe sous l'autel où elle perçoit une lueur rassurante. À mesure qu'elle avance, elle distingue le Molvar s'illuminant de plus en plus à chacun de ses pas. S'en saisissant fermement, elle se redresse et fait face à ses assaillants. Feulkhan et ses esclaves stoppent aussitôt leur progression.

— Finissons-en ! Rapportez-moi mon bien et tuez là !

Les faucheurs se précipitent sur Lisbeth. Apeurée, elle lève les yeux au ciel comme dans un dernier salut et aperçoit les dragons achevant leur ouvrage. Elle sait qu'ils n'auront pas le temps de la secourir, il reste encore trop de roches à extraire pour faciliter le passage. Dans un geste désespéré, elle saisit des deux mains le Molvar et le dirige vers le sommet. De toutes ses forces, elle le serre et hurle.

— Aidez-moi !

Un jet de lumière aveuglante est alors tiré de la dague vers les dragons. Il vient à bout à la fois de la roche persistante, mais également des faucheurs les plus proches. Un anneau se dégage autour de Lisbeth, réduisant en cendre une cinquantaine d'entre eux. Les dragons commencent leur descente. Ailes repliées, ils piquent dans sa direction et parviennent à l'extirper de son triste sort. Deux larges serres agrippent Lisbeth sous les bras pour la tirer vers le haut. Battant des ailes aussi vite qu'ils peuvent, ils regagnent la sortie in extrémis. La colère de Feulkhan se fait entendre dans toute la montagne noire. Il tourne son regard vers ses cinq prisonniers et s'avance près d'eux.

— Vous allez payer le prix de votre affront envers votre nouveau maître. Mais avant, vous allez tout me dire. Tout ce que je dois savoir. Puis vous souffrirez et si je le désire, vous pourrez mourir.

Sur l'autre versant de la montagne noire, une cavité se met à remuer. Le passage étant étroit, les griiars martèlent la roche avec leurs poings jusqu'à ce qu'elle explose. Les toulghariens retrouvent enfin la lumière du jour. Ils filent vers l'horizon sans se retourner. Au bout de quelques longues minutes de marche, le convoi ralentit sa course, Nolhan se tourne inquiet vers cet endroit maléfique. Les yeux remplis de tristesse, il contemple à la fois les pertes au sein de son groupe, mais également l'absence de Lisbeth. Plus rien n'est envisageable sans elle. Hanna, Lynn et les deux frères le rejoignent lentement. Des larmes coulent sur les joues des deux amies de Lisbeth. Peter et Sven descendent de leur garou et prennent leur compagne dans les bras. Chacun respecte un moment de silence, fixant cet endroit de malheur. Seul le vent vient perturber le recueillement. Il dévale sur les flancs de la montagne et suit sa course dans les plaines en sifflant tels des cris de douleur. Les nuages noirs dans le ciel sont à la hauteur du climat qui règne. Le colonel Savage les rejoint à son tour et scrute l'horizon en s'adressant au chef des alfats.

— Nous avons beaucoup de choses à nous dire, je crois.

— Nous savons pourquoi vous êtes là et nous vous sommes reconnaissants de vous être ralliés à notre cause.

— Nous vous avons suivi dans un seul but. Échapper à ce carnage.

Soudain, le ciel se déchire. L'épais manteau des nuages se met à bouger. Des hurlements résonnent dans la plaine. Les premiers dragons font leur apparition, pointant vers le groupe de toulghariens. Aussitôt les soldats se mettent sur leur garde. Ils mettent les reptiles volants en joue, prêts à tirer. Nolhan s'avance de quelques pas vers l'endroit où vont se poser les dragons.

— N'ayez crainte. Ils ne vous feront aucun mal, ils sont avec nous.

Le colonel lève la main, donnant l'ordre de ne rien faire. Ils sont cinq à se poser, battant des ailes pour freiner leur course, ce qui dégage une épaisse couche de poussière rendant la vue presque impossible. Les enfants se cachent alors les yeux, puis les rouvrent. Une sixième ombre les rejoint lentement. Ils n'en croient pas leurs yeux. Un magnifique dragon amorce une descente, tenant dans ses griffes Lisbeth à moitié évanouie. Il la dépose avec le plus grand soin au pied de Nolhan qui se précipite sur la jeune adolescente. Ses amis viennent prêter main forte en prenant soin de l'allonger au sol avec la plus grande douceur. Hanna regarde Nolhan avec inquiétude.

— Comment va-t-elle ? Est-ce que tu peux la sauver ?

Mais en retour, celui-ci ne laisse apparaître qu'un regard triste et dépité.

— Tu l'as déjà fait pour moi ! Je t'en prie !

— Je ne peux rien pour elle, ni moi, ni le Dimak. Par contre vous, vous pouvez quelque chose.

— Comment ça ?

— Lisbeth est juste endormie, elle n'a rien. Réveillez là lentement et veillez sur elle.

Les yeux de Hanna se remplissent de larmes. Elles laissent la place à des émotions de bonheur. Lynn, Peter et Sven la rejoignent et se penchent près du corps inerte de Lisbeth. La jeune fille ouvre doucement les paupières et contemple une vue magnifique. Celle de tous ses amis à son chevet, heureux de la retrouver saine et sauve. Nolhan profite de cet instant de paix malgré la tristesse dû à la perte des siens. Le colonel Savage s'avance vers lui et met un terme aux retrouvailles.

— Expliquez-moi tout maintenant.

— Je vous dirais tout en marchant, un long voyage nous attend, car Feulkhan ne va pas en rester là. À l'heure qu'il est, il doit déjà préparer une offensive contre nous. Lisbeth est en vie et elle a le Molvar. Il fera tout pour le récupérer.

— Je ne crois pas, nous avons placé un dispositif pour détruire cet endroit.

— Alors vous ne comprenez rien. Feulkhan est le mal incarné. Seul le Molvar peut venir à bout de lui. Vous ne réussirez qu'à tuer les prisonniers laissés là-bas, ainsi que les faucheurs.

— Mais on se moque des faucheurs ! C'est bien ce qu'on veut, les tuer ?

— Non. Ces bêtes sont le produit du ténébreux. Mais grâce à Lisbeth et au Molvar, on a peut-être une chance d'en venir à bout de la malédiction qui les a changés ainsi.

— Vous êtes en train de me dire que si la bombe explose, elle va tuer les millions d'enfants pris au piège dans cette montagne ?

— Je le crains, oui.

— Il faut retourner là-bas, il ne nous reste plus beaucoup de temps pour la désamorcer.

Lisbeth qui a tout entendu, se lève péniblement.

— Combien de temps vous reste-t-il ?

— À peine quatre minutes. C'est impossible d'y retourner en si peu de temps !

— Je crois que si.

Ses yeux se tournent vers les dragons qui les fixent avec fougue. Ils sont excités à l'idée de savoir qu'ils vont enfin pouvoir passer à l'action.

— Ils peuvent nous comprendre ?

— Évidemment, comme tout être sur cette planète.

Le colonel s'avance vers l'un d'eux.

— Nous devons y retourner immédiatement, pour désamorcer cette bombe. La tâche ne sera pas facile, êtes-vous prêts ?

Les six dragons se mettent à battre des ailes en poussant des cris d'encouragement. Aussitôt les soldats se précipitent dessus et prennent position en se cramponnant aux écailles dorsales. L'envolée de reptiles laisse derrière elle le même nuage de poussière qu'elle avait créé à leur arrivée. Ils filent à toute allure vers le sommet de la montagne. Décrivant un cercle autour du dôme, ils tournoient en amorçant leur descente. Le dragon de tête monté par le colonel Savage et quatre de ses hommes, est le premier à franchir l'ouverture. Les autres le rejoignent rapidement pour s'engouffrer au cœur de la montagne. Ils décrivent des cercles dans tout le royaume, cherchant un endroit propice pour se poser au plus près de la bombe. Une fois encore, les faucheurs leurs barrent la route, les soldats n'ont pas d'autre choix que d'ouvrir le feu. Ils ne sont plus qu'une simple armée au sol à présent, mais un bataillon ailé. Malgré le fait que les faucheurs aient considérablement baissé en nombre pour se lancer aux trousses des toulghariens, il en reste suffisamment pour venir à bout des envahisseurs. Profitant de l'instant où les dragons se posent pour laisser les soldats partir à l'assaut, ils se jettent dessus comme des bêtes sanguinaires. Les géants ailés s'écroulent sous leur poids. Ils comprennent qu'ils ne doivent pas rester au sol et quatre d'entre eux parviennent à s'extirper. Tournoyant inexorablement autour des hommes en contrebas, ils attendent le bon moment pour les récupérer. Des rafales de balles sont tirées en tous sens, faisant un carnage au sein de l'armée de Feulkhan. Le colonel Savage se jette sur la bombe et commence la phase de désamorçage. Puis il siffle dans ses doigts, appelant les dragons à la rescousse. Il était moins une, le compteur n'affichait que vingt secondes avant l'explosion. Les quatre dragons restants se posent au sol, très vite rejoint par les faucheurs. Leur nombre devient bien trop important pour s'en sortir indemne. Une fois de plus des soldats se font capturer. Seulement deux dragons parviennent tant bien que mal à filer vers la sortie grâce aux rescapés qui ne cessent de les couvrir. Le colonel lance un dernier regard sur ses hommes laissés entre les mains de l'ennemi. Leur perte est considérable, ils ne sont plus que huit sur un bataillon de trente-deux hommes. En se sacrifiant, ils ont peut-être sauvé la vie de millions d'enfants. Les ailes lacérées par les griffes et les morsures des faucheurs, les dragons ont bien du mal à maintenir leur cap. Leur retour ne se fait pas sans mal, ils s'écroulent d'épuisement près de l'armée de toulghariens. Les huit hommes sont projetés quelques mètres plus loin, les assommant quelque peu. Tous se ruent vers eux pour leur porter secours. Un groupe de grils les portent sur leurs épaules, quant aux garous, ils rendent leur dernier souffle entourés des alfats. Cette fois le Dimak ne peut plus rien. Nolhan n'a plus assez de force pour les sauver. Il pose sa main sur le cœur de l'un d'eux, sentant les battements ralentir un peu plus. Les paupières des géants se ferment, s'en est fini. Nolhan se redresse péniblement, ses yeux témoignent de la douleur qui l'envahit. D'autres alfats viennent à sa rencontre et l'aide à rejoindre le groupe qui poursuit sa route vers l'horizon afin d'échapper aux faucheurs encore sur leurs traces.

Chapitre 15

Au sein de l'IMU la tension est à son comble. Voilà presque une heure que les équipes d'assaut ont été envoyées à travers la porte. Les seuls rescapés témoignent dans une salle de débriefing de l'horreur qui demeure dans cet endroit. Une équipe de psychiatres ainsi que des hauts dirigeants de l'état-major sont présents. Le général O'Brian entre à son tour d'un pas décidé. Tout le monde se lève. Il prend place au bout d'une grande table ovale et fait signe au reste de la salle de s'assoir.

— Bien, commençons. Tout d'abord, vous allez nous raconter ce que vous avez vu exactement là-bas.

Le plus à l'aise pour ce genre d'entretien prend la parole. C'est un jeune soldat, un peu fougueux. Mais cette fois, il fait preuve de calme et d'humilité.

— Sergent Jackson mon général. Comme vous pouvez le constater, nous ne sommes plus que trois à être rentrés. L'un de nous n'a pas eu autant de chance. Quant aux autres, on ne sait pas ce qu'ils sont devenus, mais au vu de ce qu'il y avait là-bas, je ne donne pas cher de leur vie. Jamais je n'ai vu un tel carnage. Les créatures étaient tellement nombreuses, qu'on ne distinguait plus nos alliés. Ils se comptaient par centaines de milliers, peut-être plus.

— Quels alliés ?

— Aussi bizarre que cela puisse paraître, d'autre groupe de créatures aussi étranges les unes des autres, se battaient à nos côtés. Nous ne sommes pas seuls dans ce combat.

— Avez-vous enclenché la bombe ?

— Quand nous sommes partis, le colonel Savage a lancé le compte à rebours.

— Avez-vous pu observer autre chose ? Un ou plusieurs chefs ?

— Oui en effet, il y avait autre chose. Ce n'était pas un homme. Il était démesurément grand et se dressait sur deux jambes comme nous. Mais il semblait être recouvert d'ossement et de peaux. Il avait l'air à la fois mort et vivant. C'est lui qui ouvre les portes vers notre monde, et c'est lui qui commande les bêtes.

La salle est médusée, leur récit se poursuit pendant près de deux heures. Passant dans les mains de plusieurs gradés, ils s'exécutent à cette tâche difficile, fouillant dans leur mémoire malgré les images qui les hantent.

Le cortège de toulghariens poursuit sa route vers le royaume d'Agus, espérant trouver un soutien des yatos. Nolhan et les enfants se sont joints aux huit soldats. Ils leur racontent tout ce qu'ils doivent savoir. Des heures durant, ils leur font part de leurs récits, rendant le voyage moins pénible. Le sol autrefois recouvert de roches noires est maintenant plus vivant que jamais. Les soldats assistent au spectacle magnifique d'une plaine remplie de fleurs mouvantes. Les mêmes que Hanna tentait de cueillir avant d'arriver à la montagne noire. La mousse scintillante apporte une touche de magie dans ce tableau de toutes beautés. Le colonel s'adresse aux toulghariens.

— Votre monde est magnifique. Jusqu'ici, on pensait qu'il n'y avait que des êtres comme Feulkhan, nous nous sommes trompés. Il mérite qu'on se batte pour lui.

Une petite bise se lève à mesure qu'ils progressent. La mousse laisse lentement la place à un duvet de neige et l'horizon dévoile peu à peu un décor de glace à perte de vue. Le royaume d'Agus n'est plus qu'à quelques heures de marche. Les cinq adolescents se blottissent dans leur garou pour chercher un peu de chaleur. Malna, aidée de quelques alfats leur amènent des manteaux pour se protéger du froid. Un blizzard se lève rendant le voyage hasardeux. Ils ne voient plus qu'à quelques centimètres devant eux. Épuisé et mort de froid, le long cortège suit sa route vers l'inconnu. Alors qu'ils pensent la fin proche, la tempête de neige se dissipe laissant apparaitre une chaîne de montagnes. Au pied de celles-ci se dresse une forteresse. C'est un immense palais de glace où vivent les yatos. Ils sont enfin arrivés à leur but. Les faucheurs n'ont pas dû les suivre dans de telles conditions, ils se sentent en sécurité, mais pour un bref instant. Un représentant de chaque clan s'avance vers le palais. Le colonel Savage pose une main tremblante sur son arme, prêt à se défendre. Nolhan lui fait signe de ne montrer aucun geste d'hostilité. Les voici qui s'avancent près de l'entrée. Deux portes de dix mètres ornées de statues sculptées dans la glace se placent en barrage. Des ombres se déplacent au travers des parois translucides, mais rien ne se passe. Perplexe, le colonel se tourne vers ses hommes restés en retrait avec le reste du groupe. Il n'en croit pas ses yeux. L'armée toulgharienne est encerclée par des centaines de yatos. Personne ne les a entendus arriver. De plus, la légende du yéti est tout ce qu'il y a de plus réel. À première vue, ils n'ont pas l'air hospitaliers, il ne vaut mieux pas les frustrer. Tous déposent leurs armes au sol en signe de paie. Soudain, un énorme craquement résonne dans la montagne, les portes s'ouvrent enfin, faisant s'effondrer des stalactites de glaces. Les chefs de clan s'avancent timidement dans le palais. Des colonnes de part et d'autre de l'entrée sont parfaitement alignées jusqu'à un escalier central. Celui-ci monte puis se sépare en deux menant à l'étage supérieur. Une ombre se dérobe sous leurs pieds. Le sol est éclairé d'une lumière douce et apaisante semblant venir des profondeurs d'une mer morte. En observant plus attentivement, ils perçoivent la silhouette d'un calamar géant. Cette cité a été construite sur un lac gelé. Une voix résonne de nulle part.

— Mieux vaut les avoir en festin que l'inverse !

Tous, cherchent d'où peut bien provenir cette voix rocailleuse. À première vue, il n'y a aucune présence autour d'eux, et pourtant. Ce que tout le monde avait pris pour faisant partie des sculptures qui ornent l'entrée du palais sont en fait des yatos, expert dans l'art du camouflage. Ils lâchent l'étreinte qui les tient collés aux parois de verre, et se regroupe au pied des colonnes. Ils mesurent près de deux mètres chacun, d'une stature à en décourager bon nombre. Présentant de longs doigts chargés de griffes, ils se mettent à grogner dans leur barbe blanche. Des pas se font entendre dans les étages.

Un yatos beaucoup plus imposant que les autres descend les escaliers de glace. Une longue peau de bête lui sert de cape. Il vient se poster près des chefs. Sans dire un mot, il s'avance près d'eux, et un à un, il les renifle pour capter leur odeur. En commençant par les toulghariens, il sent la peur les envahir. Puis il s'approche du colonel et s'arrête sur sa personne.

— Tu ne sens pas la peur comme les autres. Tu es un guerrier, viens-tu me défier ?

— Je n'en ai pas l'intention, mais si je me sentais attaqué, je ne mourrais pas sans me battre.

Les visages sont perplexes quant à leur sort. Jusqu'ici, personne ne s'est rendu dans le palais des yatos et personne n'a eu l'audace de répondre d'une telle façon au roi d'Agus. Son visage se fronce de colère, ses sourcils se touchent. De longues canines pointent en dehors de sa gueule. Ses poings se resserrent, ils sentent la fin venir. Mais un rictus se dessine immédiatement sur le visage du yatos.

— Je pourrais t'écraser d'un seul geste. J'avoue que ta bravoure m'interpelle. Il y a bien longtemps que je n'ai pas vu une créature comme toi se tenir debout face aux yatos. Toi et tes amis devez avoir une bonne raison pour oser venir ici.

— En effet, nous sommes venus chercher soutien et refuge. Feulkhan et son armée sont à nos trousses et…

— Comment ? Vous avez attiré les faucheurs dans mon royaume ? Sombres fous ! J'ai eu écho de ses agissements, mais pourquoi vous pourchasserait-il aussi loin de son royaume ?

— Parce qu'il veut le Molvar et une fille du nom de Lisbeth qui est la seule à pouvoir le tuer. Elle est restée dehors avec ses amis.

Il frotte sa main sur les poils de sa barbe pour réfléchir. Nolhan fait un pas en avant.

— Je suis le chef des alfats et c'est moi qui leur ai dit de trouver refuge ici. Nous ne voulons vous occasionner aucun préjudice, mais le mal veut son bien. Nous avons essuyé de lourdes pertes lors de notre dernière bataille avec lui. Heureusement, nous lui avons repris le Molvar sans lequel il lui est impossible de gonfler son armée de faucheurs. Il ne peut pas non plus dominer Toulghar et par conséquent votre royaume. C'est pourquoi il ne reculera devant rien pour le récupérer. Nous devons unir nos forces pour en venir à bout, sans quoi s'en est fini de l'avenir de chacun. Qu'ils viennent vous envahir maintenant ou plus tard, cela fait partit du plan de Feulkhan au final. Il veut le Molvar, il veut Lisbeth et il veut Toulghar.

— Je ne laisserai personne prendre possession de mon royaume et s'attaquer aux miens. Nous unirons nos forces avec vous, mais pour cette fois seulement. Nous comptons près de cent mille yatos prêts à combattre pour leur salut.

— J'espère que nous n'aurons pas à livrer bataille cette fois, car nous sommes inférieurs en nombre. Ils se comptent par millions et connaissent les moindres recoins de la montagne noire. Le seul moyen est de les prendre par surprise, mais la seule entrée que nous connaissons était notre porte de sortie.

— Il y bien un moyen, mais ce ne sera pas sans risque.

Le colonel penche la tête, attentionné.

— Comment ça ?

— Et bien, au cœur des montagnes blanches vivent des créatures terrifiantes. Elles sont la cause de nombreux tremblement de terre. Elles se nourrissent de roche en creusant des galeries souterraines. Nous les appelons les Olgoï-Khorkhoï.

— j'ai entendu parler de ce nom, mais ce n'est qu'une légende mongole. Ce serait un ver géant qui vivrait dans le désert de Gobi et se nourrirait de viande humaine.

Nolhan   prend   alors   la   parole.
— Comme beaucoup de légendes dans votre monde colonel, elles s'avèrent vraies à Toulghar. Vous en avez la preuve en cet instant.

— Mais comment allons-nous les capturer ?

— Notre peuple est habitué à chasser dans la montagne. Nous flairons les pistes comme personne. Nous pourrons les débusquer, pour ce qui est de la capture, je vous laisse le soin de réfléchir. Une chose est sûre, pas besoin de vos griiars, ils ne serviraient qu'à faire un festin pour les Olgoï-Khorkhoï.

Nolhan se tourne alors vers un elfus volant au-dessus de sa tête.

— Je pense que nous allons avoir besoin de vous. Le paradoxe c'est que nous ne pouvons rien faire sans la plus petite créature de Toulghar pour capturer la plus dangereuse.

— Nous tenterons d'établir une communication avec leur esprit et de les rallier à notre cause.

De leur côté, les dirigeants de l'IMU s'apprêtent à donner une conférence de presse visant à rassurer la population. Toute activité vient de cesser dans le monde. Les habitants de la Terre ont les yeux rivés sur leur écran de télévision ou écoutent la radio. L'ensemble des chaînes diffuse le même programme. Le représentant des Nations Unies, Mr Daniels, est à l'antenne. Le teint marqué, les yeux blafards, il ne semble pas avoir beaucoup dormi. Son visage est plus froid que jamais.

— Citoyens du monde. Comme beaucoup ont dû le constater, la malédiction des enfants vient de cesser. Nous avons préparé en secret une mission visant à mettre fin à tout cela. Nous devions placer une bombe nucléaire dans ce qui était le monde de ces créatures. Seuls trois de nos soldats sur un groupe de trente-deux hommes en sont revenus indemnes. Notre espérance était de ramener les enfants capturés auprès de leur famille, mais nos trois héros nous ont fait le récit de leurs exploits. Ils ont témoigné de l'horreur qui demeurait là-bas. J'ai la terrible tache de vous annoncer qu'aucun enfant n'a été épargné par cette malédiction. Ils avaient affaire à des millions d'entre eux, transformés en ces bêtes, et ont dû y mettre un terme. Le pire est derrière nous et nous devons tout faire pour reconstruire notre avenir. Car ces enfants, nos enfants, étaient l'avenir de l'humanité. Nous devons aller de l'avant et repeupler notre planète. Redonnons de l'espoir à chacun de ceux qui ont souffert et apportons de la vie où il n'y en avait plus.

Le long discours du représentant des Nations Unies continu, affectant au plus profond d'eux toutes les personnes ayant un enfant disparut. Ils viennent de perdre tout espoir de retrouver leur bien le plus précieux, et doivent croire en l'avenir dont ils sont responsables à présent. Le silence s'installe dans les demeures, laissant place à des pleurs insupportables. Le monde est baigné de larmes, il pleure ses anges disparus qu'il ne reverra jamais. Deux jours passent, dans le plus grand calme. Dans les journaux, on ne parle pas beaucoup des enfants, mais du futur et de la reconstruction, afin de ne pas accabler les populations endeuillées. La vie tourne au ralenti, les gens se force à reprendre leurs habitudes, mais sans entrain. Dans le village de Hemligstad, les parents de Lysbeth sont prostrés devant plusieurs photos d'elle. Ils se rappellent avec douleur la dernière dispute qu'ils ont eue avec elle. Henrik ne va plus en mer depuis plusieurs jours, il déprime comme bon nombre d'habitants du coin. Sanna ne sort plus trop, juste pour faire quelques courses en évitant le regard des autres. Les parents des garçons, de Hanna, Linn et Nils, sont dans le même état de désarroi. Meurtris au plus profond de leur âme, ils tentent de ne pas lâcher prise, se raccrochant à la vie comme ils peuvent. Baisser les bras, ce n'est pas ce qu'auraient souhaité leurs enfants.

Chapitre 16

Un groupe d'explorateurs est parti au petit matin, dans les montagnes, laissant derrière lui une armée de toulghariens épuisés. Les yatos les aident à se réchauffer et reprendre des forces. Ils disposent de quelques provisions et herbes médicinales pour se rétablir. Malna, aidée d'autres femmes alfats soignent les blessures et apportent un peu de réconfort auprès des guerriers. Les grils aidés de Hanna et Linn se mobilisent pour établir un feu grâce à des morceaux de bois ramassés sur la route. Pour cela, les yatos ont un bien meilleur moyen. L'un d'eux se rapproche de Falghot, le chef des grils et lui tend une poche pleine de liquide.

— Qu'est-ce que c'est ?

— C'est une vessie d'Ocril remplie de sa graisse. Ça brûle très bien, mieux que vos petites brindilles. Nous en avons des quantités suffisantes pour tous vous réchauffer ici.

— Comment vous l'êtes-vous procuré ?

— Vous n'imaginez pas les créatures qui vivent au fond de ce lac géant. Mais n'ayez crainte, ils ne peuvent pas casser la couche de glace qui nous sépare. Quand nous les chassons, c'est à une bonne distance de notre cité, dans un puits que nous avons creusé.

Falghot, incline la tête en remerciement et jette la vessie dans les flammes. Elle brûle pendant plusieurs heures durant, laissant un parfum de poisson séché derrière elle. C'est le premier geste de bonté et de cohabitation entre deux peuples de Toulghar jusqu'ici ennemis. Au cœur de la montagne, le groupe suit la trace d'un ver géant à travers un dédale de couloirs laissé derrière lui. Les elfus sont là pour les éclairer dans cette obscurité inquiétante. Le roi d'Agus est en tête du cortège, il connait bien ces créatures et sait comment les pister. Il est suivi de près par le colonel et son équipe, ainsi que Lisbeth toujours en selle sur son garou. Nolhan ferme le cortège, les suivant péniblement. Profitant de ce moment d'accalmie, le colonel entame une petite discussion avec Lisbeth.

— Voilà deux jours que nous sommes là, et je n'arrive toujours pas à croire à tout ça.

— Au début, on n'y croyait pas non plus. Je pensais me réveiller dans mon lit douillet en me disant que j'avais fait un mauvais rêve. On a bien pensé faire demi-tour, mais notre ticket de retour était ce satané Molvar et Nils, le frère de Hanna a été enlevé en voulant nous retrouver. Tout ça est de ma faute.

Lisbeth se met à pleurer, les larmes coulent sur ses joues puis tombent sur la crinière du garou. Ressentant toute la tristesse de sa cavalière, celui-ci baisse les oreilles. Le colonel tente de poser une main réconfortante sur son épaule, mais le garou l'arrête dans son élan.

— Enlève tes salles pattes de là !

— Laisse-le, il est de notre côté.

— Il a voulu détruire Toulghar.

— Ce n'était pas de sa faute, il suivait les ordres.

Le colonel fouille alors dans la poche de son blouson. Il sort la photo de Julie. Ému devant l'image de sa fille, il se rappelle les bons moments passés avec elle.

— Cette mission, j'ai accepté de la faire pour elle. Au début je pensais être capable de la ramené. Oui, j'ai actionné cette bombe, parce que je savais que nous étions perdus. Je savais aussi que je ne la reverrais jamais. Elle était tout pour moi. Je n'avais qu'un but, la retrouver. Maintenant je souhaite la venger plus que tout, ainsi que les autres enfants.

Le garou se redresse fièrement, les oreilles pointant en l'air.

– Vous vous trompez ! La première bataille était un échec, la seconde sera une victoire. Cette guerre va bientôt prendre fin et nous libérerons tous les enfants ainsi que votre fille, vous verrez.

Ayant mis les choses au clair, le colonel se sent accepté par ce garou quelque peu rustre. En geste d'affection, il ne peut s'empêcher de lui caresser la tête comme un chien. Ses doigts effleurent la crinière, jusqu'à ce que Lisbeth lui ôte rapidement.

— Ça y est, maintenant qu'on a discuté, il me prend pour son animal de compagnie.

— Il ne connait pas encore toutes vos coutumes, ce n'est pas de sa faute.

Observant le colonel légèrement vexé, elle ne peut s'empêcher de rire. Les sept autres membres de son équipe laissent échapper un petit rictus communicatif.

— Si on m'avait dit que je traverserais un passage vers autre monde pour me faire rembarrer par un loup-garou avec lequel je poursuis un asticot géant. Le tout, escorté d'une enfant, d'un yéti et d'un nain de jardin, je ne l'aurais jamais cru.

La tension redescend peu à peu, tous se mettent à rire et lancer quelques blagues. Même le garou prend tout ça à la rigolade, l'air renfrogné il est trahi par sa queue qui remue en tous sens. L'un des soldats s'interroge sur la texture recouvrant le tunnel.

— On dirait que la terre devient plus humide ici. C'est comme de la boue, on doit être sous une poche d'eau ou un lac.

Le roi des yatos rit à son tour.

— Comme tout ver, l'Olgoï-Khorkhoï broie et avale la terre dans laquelle il creuse son trou. Il faut bien qu'elle ressorte par un moyen ou un autre. Le fait que ses excréments soient frais, signifie que nous nous approchons.

Immédiatement, le jeune soldat jette avec dégout, une poignée de boue qu'il avait ramassée sur les parois. Ces acolytes font la grimace, ce qui amuse Nolhan à son tour. Vexé il s'adresse au chef des alfats avec moquerie.

— On arrive bientôt grand Schtroumpf ?

— Grand quoi ?

Lisbeth s'interpose pour ne pas le froisser.

— Il voulait dire grand chef.

— Et bien, nous ne devons pas être très loin. Si vous vous taisiez un peu, vous pourriez déjà entendre le bruit de roches concassées.

Les elfus se rassemblent autour d'eux, formant un tourbillon de lumière. Ils pénètrent dans leur esprit, leur expliquant qu'ils sont arrivés à leur but. Le groupe se positionne près d'un toboggan de boue. Le tunnel descend à pique vers les abîmes. Seuls les elfus peuvent s'y aventurer sans risquer de chuter. Ils prennent leur envol et s'engagent dans le gouffre. Quelques minutes plus tard, les voilà de retour. Ils décrivent un lieu nouveau. C'est un nid d'Olgoï-Khorkhoï. La descente n'est pas sans risque, puisque le tunnel finit sa course au sommet d'une caverne haute d'une dizaine de mètres, où sont rassemblés une vingtaine de vers géants. Mesurant chacun plus de dix mètres, ils ondulent leur corps gluant. Le frottement qu'ils produisent a pour effet de réchauffer la caverne et de maintenir à bonne température leurs œufs, veillant ainsi sur leur progéniture avec le plus grand soin. Heureusement, les soldats disposent chacun d'un équipement de survie, dont une corde. Ils les assemblent par des nœuds, ce qui en forme une, beaucoup plus longue, puis l'attachent sur le garou qui servira d'encrage et les aidera à remonter. Un à un, ils descendent le long de la corde en rappel. Nolhan n'est pas taillé pour cet exercice, il reste aux côtés de Lisbeth. Le colonel est passé en tête, il amorce une descente difficile dans un dédale de boue et de matière fécale. Arrivé au sommet de la caverne, il se laisse glisser lentement sans attirer l'attention des vers. Le nid est rempli d'une centaine d'œufs disposés au sol, sur lesquels ils veillent farouchement. Une fois à terre, il se cache derrière plusieurs d'entre eux. Chacun est de forme ovale, de la taille d'une grosse pastèque et légèrement translucide, laissant paraître des formes bouger à l'intérieur. Un ensemble d'œufs forme une masse de deux fois sa taille, ce qui ne lui donne aucun mal à se faire discret. Puis il sort de sa poche une radio portative et appelle les sept autres en chuchotant.

— Arrivé. La voix est libre. Descendez en silence.

L'équipe de soldat descend un à un jusqu'au nid. Le roi d'agus les rejoint avec plus d'aisance. Ils se tiennent à bonne distance des vers. Prenant soin de faire le moins de bruit possible, ils communiquent par des gestes. Un elfus s'avance près du colonel et lui murmure dans sa tête.

— Nous allons tenter de communiquer avec eux dans un premier temps. Nous ne pensons pas être en mesure d'agir sur leur esprit et de les forcer à se rallier à notre cause, mais nous ferons du mieux que nous pourrons. Nous n'avons pas à faire à des créatures intelligentes, leur cerveau étant dépourvu de facultés intellectuelles comme vous ou d'autres êtres vivants, c'est comme si nous demandions à un objet de nous suivre. Ne faites aucun bruit, ces bêtes sont sourdes et aveugles, mais elles ressentent la moindre vibration. Elles ne pourront pas se douter de notre présence, par contre de la vôtre...

Les elfus se mettent à tourner au-dessus de la tête d'un Olgoï-Khorkhoï, décrivant des courbes de lumières sinusoïdales. Le spectacle est de toute beauté, les soldats n'en ratent pas une miette. Le temps passe, mais rien n'évolue. Les créatures ne semblent même pas perturbées par leur présence. Elles vaquent à leur tâche d'ouvrière autour des œufs. Au bout de plusieurs minutes interminables, les elfus rejoignent les huit hommes tapis dans l'ombre. Les pauvres ont l'air épuisés. Leur corps a du mal à scintiller, ils cherchent même à se poser sur les épaules des soldats. Pour eux, l'épreuve a été extrêmement difficile.

— Nous ne sommes pas parvenus à communiquer avec eux, ni même à entrer dans leur esprit.

Le colonel Savage, prend un air crispé. Il réfléchit longuement. L'un des soldats s'accroupit près de lui.

— Vous avez une idée maintenant, mon colonel ?

— J'ai bien peur que nous ayons utilisé nos dernières cartouches, lieutenant.

-Si je peux me permettre, mon colonel. Je vais souvent à la pêche. Et savez-vous ce que j'utilise pour attraper le poisson ?

— Un appât, mais bien sûr. Sauf que tout ce qu'ils bouffent, c'est des cailloux, et y'en a suffisamment dans les montagnes.

— Regardez autour de vous, mon colonel. Il semble y avoir une chose qu'ils convoitent plus que leur nourriture.

— Bien vu lieutenant, que chacun m'aide à attacher des œufs à la corde. Nous remonterons un par un, ensuite il ne restera qu'à hisser les œufs et les transporter jusqu'à la sortie. Il faudra faire le plus de bruit possible une fois en haut, afin qu'ils se lancent à nos trousses. Quand nous rejoindrons les autres toulghariens, nous devrons aller sans attendre vers la montagne noire. Elfus, partez devant et prévenez-les tous, de notre arrivée. Qu'ils se tiennent prêts. Dites-leur d'aller vers cet endroit de malheur, nous les rejoindrons aussi vite que nous pourrons. Emmené Nolhan avec vous, et dites au garou que nous remontons.

Le roi d'agus se redresse et empoigne la corde.

— Je rejoins le chef des alfats. Mon peuple ne bougera pas si je ne lui en donne pas l'ordre. Nous nous retrouverons au champ de bataille.

Les elfus ayant repris un peu de forces, arpentent à toute allure, le boyau menant au tunnel de sortie.

Chapitre 17

Au cœur de la montagne noire, les soldats restés captifs sont en train de subir les pires supplices. Déjà, cinq d'entre eux viennent de mourir. Feulkhan jubile sur son trône. Sa cruauté est à la hauteur de sa vengeance. Les quinze hommes encore en vie sont enchaînés sur les colonnes supportant le poids du dôme. L'un après l'autre, ils sont amenés devant le ténébreux par un groupe de faucheur. C'est au tour du sergent Baxter. Ce combattant d'une stature imposante, n'arrive presque plus à se tenir sur ses jambes. Deux faucheurs le trainent au sol jusqu'à l'autel. Quatre autres l'agrippent, lui plantant les griffes dans la chair et l'allonge dessus. Ils prennent soin de l'attacher solidement avec des chaînes encore dégoulinantes du sang de ses camarades. Il est déjà passé sur cette table et connaît son châtiment. Ses yeux sont exorbités à la vue des chaînes. Il n'y a pas de moyen d'attache classique, mais au bout de chacune d'elles, des crochets. Il porte encore les stigmates de son dernier passage sur les bras et les jambes. Les plaies encore béantes, se font une fois de plus transpercer. La douleur est telle qu'après un hurlement terrible, il perd connaissance. Feulkhan se redresse et s'avance vers lui. D'une main il saisit sa tête comme une pomme et l'agite de gauche à droite violemment.

— Réveille-toi ! C'est ton maître qui te parle !

Le pauvre homme sort lentement des ténèbres, ses paupières s'ouvrent. La première image qu'il perçoit, est celle de cet être immonde et cruel.

— Je sais pourquoi vous êtes venus à présent. Mais je dois encore découvrir les secrets de votre arme. Vous avez voulu m'anéantir avec cette chose. Il est normal de la renvoyer dans votre monde, n'est-ce pas ?

— Je ne vous aiderais jamais à envoyer la bombe chez nous. De toute façon, je n'ai pas le code d'activation.

— Pourtant il va bien falloir que je l'obtienne, et j'arrive toujours à mes fins.

Dans le même temps, ils déchirent le reste de son blouson lacéré pour lui mettre le torse à l'air.

— Faites ce que vous voudrez de moi, il vous faudra encore passer de l'autre côté et vous n'avez plus la clé !

— Je n'ai plus rien à faire de toi alors ? Tu n'es pas contre le fait que je joue un peu avec ton corps ? Il faut dire que je m'ennuie à mourir depuis deux jours.

Ses longs doigts déchiquettent alors la poitrine du soldat, lui arrachant la quasi-totalité de la peau. Chaque lambeau est jeté sur le sol, s'additionnant à beaucoup d'autres. Puis il plonge son regard maléfique dans les yeux du pauvre homme avant de l'achever.

— Dis-toi que tu auras servi à quelque chose dans tout ça. Tu m'auras permis de me faire une nouvelle parure.

Les yeux du sergent Baxter se révulsent, il rend son dernier souffle.

— Espèce d'ordure, cri le sergent Martinez !

— Tu as quelque chose à ajouter ? Amenez-moi cette larve, j'ai à discuter avec lui !

Il sait quel est leur sort, et préfère en finir maintenant. Ses équipiers n'ont pas la force de le suivre, la peur prend le dessus. Il est arraché à son tour, à l'immense colonne de pierre et amener près de Feulkhan. Pendant ce temps, le corps du sergent Baxter est évacué un peu plus loin. Il est jeté comme un déchet aux pieds d'une meute de faucheurs qui s'agglutinent dessus pour le dévorer. Le sergent Martinez, qui n'est pas croyant, lève les yeux vers le bout de ciel qu'il peut voir à travers le dôme, et prie.

— Je t'en prie, je ne connais pas ton nom. Je ne suis pas sûr que tu m'écoutes, mais si tu es là, fais-moi un signe. Et si tu ne le fais pas, alors que ma mort soit la dernière et que mes camarades retournent chez eux.

Les faucheurs l'installent sur l'autel et le tiennent fermement. Le ténébreux se penche sur son visage.

— Tu n'as qu'un dieu, il est devant toi. C'est à moi que tu dois supplier la pénitence. Mais je ne crois pas être d'accord pour l'accepter. Pour toi, je réserve une fin toute particulière. J'apprécie ta compagnie, tu me distrais un peu plus que les autres. Je vais donc te laisser errer dans mon royaume.

— Comme ça tu pourras lâcher tes créatures visqueuses sur moi !

— Non, je ne suis pas si expéditif. Je te promets qu'ils ne te feront rien. En revanche, tu auras à faire à mon ami le saural, ici présent. Et pour ne pas faire de jaloux, il sera aidé des siens. On raconte que leurs dents sont capables de bien des tortures. Cours et amuse-moi !

Les faucheurs enlèvent leurs entraves, laissant le sang couler le long de ses membres. Se tenant péniblement sur ses jambes, il se tourne vers ses amis attachés aux piliers. L'un d'eux le regarde fixement.

— Cours ! Sauve ta peau ! C'est la seule chance que tu auras !

Le sergent file aussi vite qu'il peut vers le dédale de tunnels dans la montagne. Quelques secondes plus tard, la meute de sauraux est lâchée. Ils bondissent sur les parois de la salle, chacun se dirigeant vers une entrée différente. Le soldat ne peut pas effacer ses traces, il perd trop de sang et n'a plus de forces. Il sent la fin proche et s'assoie pour reprendre son souffle. À quoi bon combattre se dit-il ? Les jeux sont faits et son destin est de mourir dans cette montagne maudite. Il ne veut pourtant pas finir comme ça. Un combattant de sa trempe, mort de peur suite à une traque c'est n'est pas envisageable. Il reprend ses esprits et cherche un moyen de se défendre. Choisissant la feinte, il s'allonge au sol et joue le rôle d'un mort. Un saural arrive à toute allure sur lui, il tourne autour de sa proie, bondissant sur les parois du tunnel. Puis il se laisse tomber du plafond à quelques centimètres à peine du sergent immobile. La gueule béante et dégoulinante de bave, il se fige au-dessus de son visage sans voir que le soldat tient une pierre dans sa main. Immédiatement il lui assène un coup violent, ce qui l'envoie à terre. Il se jette sur son assaillant et l'achève en lui fracassant la pierre sur le crâne à plusieurs reprises. À bout de souffle, il reprend tant bien que mal son chemin vers l'obscurité. En marche, il s'arrête afin s'écouter s'il est suivi. Posant ses mains sur les murs, il s'aperçoit de la matière qui en suinte. La même texture noire qui recouvre le corps des faucheurs. Il se roule dedans et prend soin de s'enduire tout le corps, cela servira à le camoufler dans le décor visqueux et à masquer son odeur. Les sauraux arrivent à grands pas, il se tient collé aux parois du mieux qu'il peut ne faisant qu'un avec elles. Les créatures passent devant lui sans même le voir, elles poursuivent leur traque pendant de longues minutes. Feulkhan meurt d'impatience. Ses longs doigts crochus s'agitent sur l'accoudoir en pierre de son trône. Les treize prisonniers s'aperçoivent que quelque chose ne se passe pas comme prévu. Leurs yeux s'illuminent, ils retrouvent peu à peu l'espoir.

L'armée toulgharienne vient de se remettre en marche. Les elfus ont fait aussi vite qu'ils pouvaient pour leur donner le message. Ils sont rejoints rapidement par Nolhan et le roi d'Agus. Face à son peuple, le chef des yatos, lève les poings en l'air.

— Peuple du royaume d'Agus ! C'est ici que commence notre histoire ! Nous allons aider les autres peuples de Toulghar et mettre un terme à l'emprise de Feulkhan ! Etes-vous prêts à entrer dans la légende ?

Les yatos hurlent dans tout le royaume. Ils font savoir à tous, leur bravoure et leur puissance. L'armée toulgharienne est plus forte à présent. Le soutien des yatos leur apporte plusieurs dizaines de milliers de combattants.

Les soldats sont remontés, hissés par le garou. Le colonel est le dernier, il s'assure que tous les œufs soient bien attachés. D'une voix faible, il s'adresse à Lisbeth par radio.

— Je suis prêt, vous pouvez y aller.

Aussitôt, le garou prend appui sur ses pattes arrière. Il le tire de toutes ses forces, ainsi que les œufs. Une fois remonté, le colonel s'empresse de les donner à chaque membre de son équipe. À peine ont-ils tourné les talons, qu'il se met à hurler de toutes ses forces. Ce qui attire l'attention des vers géants. De violentes secousses sont ressenties dans la montagne. Les Olgoï-Khorkhoï sont à leurs trousses. Ils les suivent à la trace grâce à l'odeur du nid imprégnée sur leur progéniture. Le garou accélère le pas, afin de mettre Lisbeth en lieux sûrs. La sortie n'est plus très loin, ils peinent à l'atteindre tellement ils sont essoufflés. La lumière qui brille dehors les aveugles quelques minutes.

— Ne perdons pas de temps, il faut retrouver les autres avant qu'ils arrivent près de la montagne noire. Dit le colonel en reprenant son souffle.

Le garou s'assoit, faisant descendre Lysbeth. Sa transformation n'est pas faite, il a du mal à communiquer. D'une voix écorchée, il parvient quand même à se faire comprendre.

— Les Olgoï-Khorkhoï ne sortent pas au grand jour, ils creusent et progressent sous terre. Ils doivent contourner le lac de glace, ce qui nous laisse le temps de rejoindre les autres.

— Mais les faucheurs doivent être rassemblés pour venir envahir le royaume d'Agus ! Ils seront bientôt face à face !

— Nous ne devons pas négliger nos forces, surtout moi.

— Comment ça ?

— Explique-leur Lisbeth.

S'avançant vers le colonel et son équipe, elle prend un air triste.

— Aucun de nous ne parviendra jusqu'au repère de Feulkhan pour y attirer les vers et nous permettre d'y entrer en toute discrétion. Le seul ici, capable de passer les forces ennemies est le garou. Il déposera les œufs dans la montagne. Notre confrontation à l'extérieure ne servira que de diversion pour ceux qui entreront avec moi.

— Comment entrerons-nous ?

— C'est facile, nous n'avons qu'à attendre l'arrivée des Olgoï-Khorkhoï, les laisser remonter à la surface et les forcer à replonger sous terre.

— Je commence à comprendre pourquoi ce Molvar t'a choisi. Tu es consciente que c'est beaucoup de risque pour ton ami n'est-ce pas ?

— Nous en avons déjà parlé, nous sommes tous prêts à faire des sacrifices, même si c'est douloureux pour ceux qui restent.

— Alors en avant, rejoignons les autres avant l'arrivée des faucheurs.

Un long et pénible voyage de retour commence à travers le brouillard glacial. De temps en temps, les grondements sur le sol neigeux leur annonce qu'ils sont suivis de près par les vers géants.

Mort d'impatience, Feulkhan se redresse et hurle d'une voix qui résonne dans tout son royaume.

— S'en est assez ! Nous avons perdu assez de temps comme ça ! Je m'occuperais d'eux quand j'aurais mon Molvar et que j'aurais la certitude de renvoyer cette chose chez eux ! Allez au royaume d'Agus, ramenez-le-moi et tuez-les tous ! Qu'il ne reste aucun survivant à part le chef de ces larves. J'ai encore besoin de lui pour connaître les secrets de leur arme.

Immédiatement, un saural qui a entendu ses ordres, se précipite près de lui.

— Seigneur Feulkhan. Si vous disposez du Molvar, peut-être aurez-vous la magie nécessaire pour allumer cet engin sans leur aide ?

— C'est exact. Toi et les tiens resterez ici, avec moi. Les autres, ne perdez pas de temps ! Et qu'il ne reste aucun survivant !

La fourmilière géante s'agite. Des millions de faucheurs jaillissent de tous côtés, s'agglutinants vers la seule sortie en une masse noire et épaisse. Le regard de Feulkhan se tourne vers les prisonniers qui se doutent de leur sort. Il n'a plus besoin d'eux vivant, à moins d'un miracle, ils s'apprêtent à mourir dans les minutes qui suivent. Le sergent Martinez, quant à lui est toujours parmi les roches suintantes de matières noirâtres. Il cherche une issue sans relâche. Ses jambes ne peuvent plus le porter, il titube et s'écroule à plusieurs reprises. À bout de force, il aperçoit la lumière. Espérant avoir trouvé la sortie, il plante ses doigts dans la roche et tire sur ses bras de toutes ses forces. Ses espoirs s'envolent lorsqu'il se rend compte qu'il vient de tourner en rond. Le labyrinthe l'a ramené dans la salle centrale. Mais chose curieuse, il ne semble plus y avoir la présence des faucheurs. Dos au mur, il se fait le plus discret possible, et observe les alentours. Un groupe d'une dizaine de sauraux est à proximité de Feulkhan siégeant sur son trône. En cherchant bien, il aperçoit enfin son ticket de sortie. Les armes qui leurs avaient été enlevées sont amassées près d'une stèle représentant un faucheur, non loin de là. Il se met à plat ventre et rampe jusque à elles. Quand il arrive à peine à deux mètres, son attention est détournée par la voix du ténébreux.

— Nous n'avons plus besoin d'eux. En attendant que tout ça soit fini et que l'on retrouve ce lâche, vous pouvez vous distraire un peu.

Le ton est donné, à présent les sauraux vont exécuter les treize captifs. Le sergent Martinez sait qu'il n'a plus une minute à perdre s'il veut sauver ses amis. Il n'est plus question de se cacher. D'un bon, il se jette sur les armes, en ramasse autant qu'il puisse en porter. Puis il court à l'assaut des sauraux, pointant son fusil dans leur direction et ouvre le feu.

Un saural est blessé grièvement à l'abdomen, les autres courent se réfugier à l'abri. Feulkhan ne peut rien contre lui, même si les balles ne peuvent pas venir à bout du mal, il ne dispose pas du Molvar pour le combattre. Démuni, il ne peut que hurler de colère dans sa caverne. Les prisonniers sont rapidement libérés par le courageux sergent Martinez. Une balle suffit pour venir à bout de chacune des entraves. Les hommes peinent difficilement à se remettre debout, ils s'équipent de leur fusil d'assaut, en scrutant le moindre recoin de la salle. Les sauraux ne les laisseront pas s'approcher de leur maître, c'est pourquoi ils doivent s'en débarrasser pour l'atteindre.

Chapitre 18

L'armée toulgharienne est arrivée au terme d'un long voyage, au pied des montagnes noires. Tous les regardent perplexes. Ce doit être leurs yeux qui leurs jouent des tours ou bien la fatigue. C'est comme si les montagnes prenaient vie. Elles semblent onduler au rythme des vagues. Hanna et Linn observent avec attention ce spectacle étourdissant.

— On dirait des vagues qui descendent du sommet jusqu'aux plaines, dit Linn avec étonnement.

-Ce ne sont pas des vagues, réponds Peter en lui serrant la main. Ce sont les faucheurs, ils viennent vers nous à toute vitesse.

Le roi d'Agus se tourne vers les siens et s'adressent à eux de façon à être entendus par le reste des toulghariens.

— Le moment est arrivé ! Battez-vous de toutes vos forces, et ...

l n'a le temps de finir son discours, son attention est retenue vers le sommet d'une colline les surplombant. Les huit soldats accourent vers eux, escortés du garou et de Lisbeth. Les rangs se séparent, leur permettant de rejoindre les chefs. À peine sont-ils arrivés qu'ils entendent le grondement se rapprocher. Lisbeth se tient fièrement sur son garou. Elle met un pied à terre et descend délicatement. Puis elle passe une main affectueuse dans la crinière de son compagnon.

— Sois prudent.

Le garou caresse sa tête sur la poitrine de sa cavalière, puis fait quelques pas. Les autres garous le rejoignent une fois que leurs compagnons de voyage sont descendus à leur tour. La pénombre s'avance peu à peu sur les plateaux ténébreux. Les deux lunes éclairent le ciel à travers les nuages. La magie est en train d'opérer devant les cinq adolescents médusés. Leur garou ne sont plus, ils se métamorphosent en être se tenant sur deux pattes. Leur apparence prend celle du loup-garou légendaire bien connu des humains. Les hurlements se mêlent à la transformation. Une fois leur nouvelle apparence en place, ils s'avancent près des huit soldats. Le garou de Lisbeth regarde le colonel Savage, et lui tend les mains. Celui-ci, un peu inquiet, lui remet les œufs.

— Faites de la place, s'écrit le garou ! Les Olgoï-Khorkhoï arrivent. Prenez bien soin des enfants colonel. Et si on ne se revoit pas, sachez que vous avez ma gratitude.

Chacun d'entre eux prend les œufs se dressant sur leurs gardes en attendant l'arrivée imminente des vers géants. Les soldats rejoignent l'armée à toute allure, ressentant sous leurs pieds les secousses qui se fond de plus en plus violentes. À peine sont-ils arrivés, que la terre se dérobe, laissant apparaître les colosses. Jaillissant des entrailles de

Toulghar, leurs corps longs de plusieurs mètres, viennent s'abattre dans un fracas assourdissant à proximité des garous. D'un bon vertigineux les cinq créatures, s'élancent vers la montagne noire laissant derrière eux une bonne distance avec leur poursuivant. Les vers géants ne renonçant pas, ils se remettent en chasse, plongeant une fois de plus dans le sol. La voix est libre, Lisbeth et l'équipe de soldat se placent autour du cratère laissé par les bêtes. L'ordre est donné par le colonel.

— Suivons le chemin laissé par ces bouffeurs de cailloux ! Les autres couvrez nos arrières !

Lisbeth se fait aider d'un griiar pour descendre la paroi haute de quatre mètres. Ils s'enfoncent dans le long boyau fraichement creusé, éclairés par quelques elfus.

À la surface, les garous entrent en confrontation avec l'armée de Feulkhan. Ils ralentissent afin d'être suivis de prêt par les Olgoï-Khorkhoï. Les faucheurs qui tentent de les atteindre sont déséquilibrés par les tremblements de terre. Certains parviennent quand même à les toucher, mais leurs griffes ne peuvent pas venir à bout de l'armure fabriquée par les grils. Les garous progressent dans cette marée noire infranchissable. Usant de leurs puissantes pattes arrière, ils bondissent dans les airs à plusieurs mètres. À chaque fois qu'ils touchent terre, ce sont griffes et dents acérées qui pointent en direction de l'ennemi. Les créatures ne se laissent pas intimider, ils forment une masse encore plus dense, cherchant à les intercepter à chacun de leur rebond. Le reste de l'armée fonce en direction des toulghariens. Ils sont bien décidés à lutter, même s'ils connaissent l'issu de cette bataille. Ils n'ont aucune chance face au tsunami de faucheurs qui les domine de plus de cent fois leur nombre. Lisbeth et son escorte suivent toujours la trace des vers, ce qui veut dire qu'à la surface, les garous progressent comme prévu en direction des montagnes noires. À bout de force, elle s'effondre. Un des soldats se trouvant à proximité, la porte sur ses épaules et reprend sa course effrénée dans l'obscurité.

— Tiens bon Lisbeth, dit le colonel, en tête du groupe ! Nous sommes bientôt arrivés. On doit être à cinq minutes tout au plus de notre but !

Au même instant, dans le repère du mal, les quatorze hommes armés tiennent toujours en joue les sauraux. La traque s'est retournée contre eux. Se cachant dans les cavités sombres de la montagne, ils tentent d'échapper à leurs chasseurs. L'un d'eux échappe à leur regard, et glisse lentement le long d'une colonne pour se fondre dans le décor. Un des soldats est alerté par un bruit de pierre, il se dirige prudemment vers la colonne. Son arme pointée vers l'objectif, il avance sans faire le moindre bruit. Soudain, le sergent Martinez montre son visage.

— C'est toi Martinez ? Tu m'as fait peur, je croyais que c'était un de ces…

À peine à t-il eut le temps de finir sa phrase qu'il entend la voix de son interlocuteur lui répondre dans son dos.

— À qui tu parles ? Je suis là !

Les yeux du pauvre soldat se révulsent d'effroi. Face à lui, ce qu'il croyait être son équipier se transforme. Le saural reprend ses traits d'origine en une fraction de seconde. Aussitôt, il se jette à la gorge du soldat qui a baissé sa garde et le mort violemment. Les autres accourent, mais aucun ne peut atteindre la bête qui tient leur équipier en bouclier. Le sang gicle de sa gorge à moitié arrachée, s'en est fini pour lui. Immédiatement le saural remonte le long de la colonne vers le sommet du dôme pour se réfugier. Une multitude de balles est alors tirée en tous sens, jusqu'à ce qu'ils ne dissimulent plus une ombre en mouvement. Les treize hommes se réfugient au milieu de la pièce tenant en joue Feulkhan. Ils forment un cercle où chacun peut assurer les arrières des autres. Le danger peut venir de n'importe où, les sauraux sont tapis dans l'ombre, quelque part autour d'eux, et prêt à leur sauter dessus à la moindre occasion. Les poings serrés, Feulkhan trépigne d'impatience, il ne supporte plus ce groupe de combattant, envahir son domaine. À ses pieds, des cailloux se mettent à trembler. En face, un autel subit une secousse qui le fend en deux. Chasseurs et chassés l'ont également ressenti. L'inquiétude monte de plus en plus. Et si le danger ne venait plus de l'intérieur ? Soudain, un énorme bloc de pierre se décroche du plafond, entraînant dans sa chute un saural qui s'y était réfugié. Le bruit est assourdissant, une fumée épaisse se dégage des décombres où git le corps écrasé du saural.

— Écartez-vous de là-dessous, c'est instable, cri le sergent Martinez !

Mais où aller ? S'ils restent là, ils sont exposés aux chutes de pierres, et s'ils se réfugient plus loin, c'est aux sauraux qu'ils auront à faire. Feulkhan retrouve son sourire diabolique, montrant ses longues dents pointues à ses adversaires.

À quelques pas de là, les cinq garous parviennent bientôt à se sortir de leur cauchemar. Mais la fatigue prend le dessus, ils doivent user de toutes leurs forces pour s'extraire des griffes des faucheurs. Une horde parvient à saisir deux garous. N'ayant plus les ressources nécessaires pour s'extirper de leur emprise, ils se laissent tomber au sol. Une masse noire les submerge. Les corps sont balayés par les flots boueux des créatures sanguinaires. Un troisième est très vite rattrapé. Son sort est le même que ses congénères. Les œufs subissent un destin semblable, il ne reste aucune trace de leur passage. Les deux garous rescapés voient l'entrée dans la montagne et s'y enfoncent. Derrière eux, le tunnel s'écroule subissant des secousses de plus en plus violentes. Le garou de Lisbeth toujours en tête fonce à toute allure vers la salle centrale. Malheureusement, son compagnon est enseveli. Les cavités s'effondrent sur son corps. Le garou rescapé jaillit d'un bon majestueux de sa prison rocheuse et atterrit à quelques pas des soldats. Fusil à la main, ils ne le lâchent pas du regard. Chacun s'observe, pourtant les soldats ont le sentiment qu'il est de leur côté. Le garou reprend son souffle et pose les œufs au sol.

— N'ayez crainte, nous sommes alliés. Vos amis vont nous rejoindre d'une minute à l'autre.

Pour leur prouver sa bonne foi, le garou entame sa transformation et retrouve son apparence de loup. Aussitôt, les hommes baissent leurs armes, ils reconnaissent la bête qui a combattu à leur côté, lors de leur arrivée dans ce monde.

Sur le champ de bataille, l'armée toulgharienne vient d'entrer en confrontation avec les faucheurs. L'immense vague putride déferle sur les griiars situés en avant-poste. Les colosses de pierre sont pratiquement indestructibles, mais les créatures en grand nombre parviennent à ralentir leurs mouvements. Ensevelis, les griiars titubent. La vague de faucheurs les pousse vers le sol. Dans leur chute, ils écrasent bon nombre de leurs oppresseurs. L'armée de faucheur ne ralentit pas sa course folle. Fonçant tête baissée, ils se heurtent maintenant aux grils. Déployant leurs armes, ils luttent un combat acharné pour leur survie. Beaucoup d'entre eux n'ont même pas le temps de voir arriver leurs assaillants, tellement leur progression est rapide. Les pertes se comptent par dizaines. Les yatos hurlent de colère, ils se jettent sur leurs ennemis avec fougue et détermination. Jamais autant d'êtres n'avaient eu à s'affronter sur un champ de bataille. En quelques secondes, l'armée toulgharienne est submergée. Les quatre adolescents restés en retrait avec les alfats, dégainent à leur tour leurs armes. Se protégeant tant bien que mal avec leur bouclier, ils esquivent les nombreux coups de griffes qui leur sont portés et ripostent à leur tour avec maladresse. Il faut dire que les épées forgées par les grils sont très lourdes. De cette armée courageuse, il ne reste bientôt plus qu'une masse noire au milieu des plaines. Ils ne se battent plus pour tuer des faucheurs, mais pour survivre, le temps que Lisbeth et les autres accomplissent un miracle. Le chaos règne sur les plaines ténébreuses. Lames s'entrechoquant contre griffes et dents acérées, le combat ne tiendra plus longtemps.

Au cœur de la montagne, Feulkhan ne comprend pas ce que le garou peut bien faire tout seul. Il se doute que Lisbeth ne doit pas être loin.

— Sauraux ! Rappelez les faucheurs, qu'ils viennent en renfort ! Et surveillez les entrées. Je veux que personne ne puisse pénétrer dans mon royaume !

La meute de sbires jonche les murs avec précipitation jusqu'au sommet du dôme. C'est la seule porte de sortie vers l'extérieur, à présent.

— Ah, ah ! Vous ne pouvez rien contre moi. Si vous comptiez sur votre amie pour me tuer, je crois qu'il ne lui reste plus beaucoup de temps à vivre. À moins que mes faucheurs ne s'en soient déjà occupés.

Le garou montre les crocs, à travers un rictus finement dissimulé derrière ses babines.

— Mon armée ne devrait plus tarder à me rejoindre et tu regretteras d'être revenu ici ! S'écrit Feulkhan.

Dévalant les pentes abruptes parmi les roches coupantes, les sauraux arrivent enfin au pied de la montagne. Ils se mettent à pousser des hurlements ayant pour effet d'alerter les faucheurs se trouvant encore à proximité. Immédiatement une centaine d'entre eux fait demi-tour et se jette à l'ascension du domaine maléfique. La roche est encore plus instable, de lourds blocs de pierre se décrochent de la paroi, entrainant dans leur chute plusieurs bêtes féroces. Malgré ça, leur acharnement est payant. Ils arrivent au sommet de la montagne pour s'y infiltrer. Les soldats se tiennent sur leurs gardes, pointant de leur fusil le ténébreux. Soudain, alors qu'il ne semblait plus y avoir d'espoir, un choc violent les plaque contre terre. Les faucheurs sont déséquilibrés. Ceux qui étaient encore en ascension, dévalent la montagne avec fracas. Les autres tombent au centre de la salle en pluie de boue. Les Olgoï-Khorkhoï viennent de percer le sol de l'antre. Ils se trouvent tout près du garou et encerclent leurs œufs restant, pour les mettre en sécurité. Feulkhan ne s'attendait pas à ça. Sa forteresse infranchissable vient d'être anéantie en un rien de temps, laissant une plaie béante vers l'extérieur. Il se trouve seul une fois de plus au cœur de son royaume, pris au piège entre des combattants terriens et toulghariens. La vingtaine de vers géants tourne sur place.

— Nous ne devrions pas rester là, dit le garou. Dirigeons-nous vers l'endroit d'où viennent ces bêtes.

— Mais tu es fou, répond le sergent Martinez !

— Faites-moi confiance, vous ai-je déçu jusqu'ici ?

Les soldats n'ont guère le choix, s'ils veulent retrouver leur liberté, ils doivent l'écouter. Arrivés à quelques mètres à peine du passage sous-terrain, ils entendent des voix familières. Le colonel Savage et les autres les rejoignent. Les faucheurs n'ont pas dit leur dernier mot, ils dévalent le long du dôme vers le centre de la salle où Lisbeth se trouve. Feulkhan hurle de toutes ses forces.

— Tuez-les !

Le colonel se penche vers Lisbeth et lui pose une main affectueuse sur l'épaule.

— C'est maintenant. Mes hommes vont te couvrir. Quant à moi, je viens avec toi.

Rassurée de ne pas affronter le mal toute seul, elle incline la tête avec détermination.

— Ouvrez le feu sur ces saloperies et couvrez-nous !

Les faucheurs se lancent à l'assaut avec rage, n'esquivant même pas les balles. Le mal est sur ses gardes, il fixe froidement la jeune fille qui lui fait face. Immédiatement, elle se saisit du Molvar attaché à sa ceinture, avec la main droite. De l'autre, elle empoigne son épée et s'élance à toute allure vers Feulkhan. Le colonel à ses côtés pointe son arme.

— Tu me reconnais? Tu vas payer pour ce que tu as fait ! Ça, c'est pour avoir torturé mes équipiers !

À chacune de ses paroles, il lui assène une rafale de balle, lui faisant perdre de la vigueur et le rendant moins réactif à l'attaque de Lisbeth.

— Ça, c'est pour les enfants que tu as enlevés et tuez ! Ça, pour les toulghariens que tu as massacrés ! Et ça, pour ma fille !

La dernière balle lui est tirée en pleine tête. Feulkhan a juste le temps de se protéger en mettant son bras en l'air. Lisbeth se jette dans les airs, l'épée vers sa victime. D'un coup sec, elle lui tranche le bras. Feulkhan est déséquilibré, il ne voit plus ses agresseurs et tombent, l'entrainant dans sa chute. Quand il retrouve ses esprits, c'est au-dessus d'elle qu'il se trouve. Les bras en croix, son corps est trop lourd pour qu'elle puisse lui échapper. Son sourire dévoile des dents immenses, au milieu d'une bouche énorme à l'haleine putride.

— Cette fois, tu vas mourir jeune fille !

Le colonel court à son secours, il ne peut plus tirer de risque de la blesser. Lisbeth le fixe froidement.

— Et ça, c'est pour Nils !

Ses bras étant les seules parties de son corps épargnées, elle saisit le Molvar de toutes ses forces et lui plante dans les flancs jusqu'à son cœur. La créature se relève dans des hurlements assourdissants. Il pense sa plaie suintante avec la seule main qu'il lui reste. Les blessures occasionnées par les balles ont laissé de multiples trous dans sa chair. De la lumière en jaillit éclairant la salle toute entière. Ses cris sont tels que tous doivent se boucher les oreilles. Il agonise, tentant de prendre appui sur son trône. Puis il se tourne dans un ultime effort et fixe une dernière fois son bourreau avant que son corps n'explose, ne laissant que des cendres voler en éclat.

Dans les plaines, les toulghariens sont sur le point de se faire massacrer. Soudain, le ciel se dégage, laissant apparaître de magnifiques rayons de soleil. Les faucheurs sont stoppés dans leur élan. Telles des statues, ils restent immobiles au milieu de leurs victimes. Nolhan lève son bâton vers le ciel.

— Ils ont réussi, Toulghar est sauvé !

La joie exulte des combattants. Pour la première fois, des peuples distants comme les yatos et les grils partagent leur enthousiasme. Le roi d'agus fait même un premier geste envers eux. L'air sévère, il s'avance près de Falghot et le sert d'une étreinte amicale avant de rire aux éclats. Les deux clans s'unissent très vite rejoints par l'ensemble des peuples de Toulghar dans une euphorie extrême. Les créatures restées inertes changent d'apparence progressivement. Les enfants emprisonnés dans les corps de ces bêtes immondes, reprennent vie. Le spectacle est la fois beau et triste. Au milieu de ces chérubins, ne comprenant pas ce qu'ils font dans un lieu pareil, git sur le sol les cadavres de ce qui a été des faucheurs. Les toulghariens ne peuvent plus se réjouirent face à un tel désastre. Il est temps de soigner les plaies et de regrouper les millions d'enfants dans un endroit plus convenable. La mobilisation est sans pareil, sans même qu'un mot d'ordre soit donné, ils viennent vers les enfants apeurés pour les réconforter. Soudain, un mouvement de foule attire toute la curiosité. Nolhan et les quatre adolescents dévalent la colline à toute allure jusqu'au passage laissé par les vers géants. Ils n'en croient pas leurs yeux. De ce cratère, remontent un à un les soldats en prenant appui sur les bras des griiars. Lisbeth et le garou les suivent de près, ce qui au premier abord, effraie les jeunes enfants.

— N'ayez pas peur, il ne vous fera aucun mal. D'ailleurs vous ne devez plus avoir peur de quoi que ce soit ici. Nous sommes avec vous et nous allons vous ramener chez vous.

Un des enfants, le plus courageux, se risque à s'avancer près du garou. Il tend ses doigts tremblant vers son épais manteau de fourrure, puis lui glisse une caresse affectueuse. Devant le regard inquiet du colonel, celui-ci se laisse faire et semble apprécier le geste. D'autres enfants se rassemblent autour de lui et font de même. En quelques secondes, le voilà submergé par tous ces petits êtres lui témoignant leur affection. Le garou se prend au jeu. Docile il se met à jouer avec eux. Les griiars eux aussi, sont l'objet de curiosité. Ils s'allongent délicatement afin de leur permettre de grimper dessus. Lisbeth s'avance vers ses amis, ses yeux brillants témoignent de ses sentiments. Les larmes de joies coulent sur son visage, elle les serre dans une forte étreinte. Les soldats, quant à eux, recueillent les enfants qui les entourent et s'avancent vers Nolhan. Celui-ci regarde le colonel avec compassion.

— Notre tâche n'est pas terminée. Il nous faut tous les ramener et repartir chez nous également. Je vais avoir besoin du Molvar pour cela. Mais qu'en est-il des Olgoï-Khorkhoï?

— Il semble qu'ils aient élu domicile dans cette montagne. Les températures sont plus clémentes pour leurs œufs, je pense. Quand nous les avons quittés, ils avaient l'air de se calmer.

— Je dois parler aux autres pour les rassurer.

Il grimpe vers le sommet d'une colline et lève son bâton vers le ciel dégagé.

— Peuples de Toulghar et de la Terre !

Le silence s'installe sur la plaine.

— Maintenant que nous sommes en sécurité, nous devons regagner nos foyers. Pour cela nous allons avoir besoin de chacun d'entre vous.

Les elfus volent au-dessus de leur tête, portant le message de Nolhan. Les enfants sont émerveillés par tant de magie. Lisbeth laisse ses amis et grimpe à la rencontre du chef des alfats. Elle lui tend le Molvar puis se tourne vers Hanna. Restée seule au milieu d'une masse joyeuse, elle pleure encore son petit frère qu'elle aurait tant aimé retrouver. Sans plus attendre, elle retourne vers son amie pour la réconforter. Le colonel regarde aux alentours lui aussi. Scrutant les visages dans les moindres détails, il cherche sa fille. Très vite rattrapé par son équipe, il se rend à la raison que la retrouver parmi ces millions d'enfants est peine perdue. Nolhan décrit un immense cercle de lumière avec la dague magique.

— Ceci est passage vers l'autre versant de la montagne noire, nous permettant de rentrer chez nous. Mes amis, les royaumes d'Ebes et d'Hyprès nous attendent, en route !

Une vague importante de toulghariens franchit la porte lumineuse dans le plus grand calme. Les chefs sont restés à l'entrée, ils veulent saluer une dernière fois leurs nouveaux compagnons. Quelques minutes plus tard, le roi d'Agus s'adresse à Nolhan, Falghot, ainsi qu'au garou.

— Vous avez été d'un grand courage. Nous avons beaucoup appris de vous, et je n'ai plus honte de le dire, vous êtes un peuple ami à présent.

Le garou se tourne vers Lisbeth qui se jette à son coup en pleure. Elle se blottit une dernière fois dans sa crinière.

— Peut-être nous reverrons-nous un jour jeune fille. Je suis heureux que nos chemins se soient rencontrés. Je ne t'oublierais pas.

— Tu vas me manquer.

Ne pouvant plus dire un mot, elle s'effondre en sanglot dans les bras de ses amis. Les soldats présents eux aussi, saluent les chefs avec le plus grand respect, les laissant franchir la porte et rejoindre leur royaume. Nolhan ferme la marche, il rend le Molvar à sa gardienne.

— Il est à toi. Prends-en soin, je sais que tu en feras bon usage. Tu es la gardienne de notre monde comme l'ont été tes ancêtres, soient en digne. Nous nous reverrons, j'en suis certain.

— Mais comment dois-je m'en servir ?

— Tu es la seule à pouvoir l'utiliser et tu connais déjà ses secrets, mais tu ne le sais pas. Pense à l'endroit où tu veux te rendre, c'est tout.

Puis il se tourne vers l'équipe de soldats.

— Colonel, je compte sur vous pour garder le secret à votre retour. Personne ne doit connaître l'histoire de cette dague, il en va de la sécurité de Toulghar et de votre monde.

— Comptez sur moi Nolhan.

L'alfat recule lentement, immergé par un flot de lumière. La porte se referme quelques secondes derrière lui laissant les humains face à leur destin. L'armée de yatos s'est déjà remise en marche vers le royaume d'Agus, ils courent à toutes jambes, fiers de ce qu'ils ont accompli et heureux de rentrer chez eux. Le colonel se tourne vers Lisbeth et lui sourit.

— Fais-nous rentrer chez nous gardienne !

La jeune fille saisit le Molvar à deux mains et se met à décrire des cercles semblables à celui ouvert par Nolhan. La magie opère sur la colline. Des portes larges de plusieurs dizaines de mètres sont ouvertes vers leur monde. Chaque soldat se place en guide, devant les enfants qui suivent le cortège. Lisbeth reste en retrait, elle devra se choisir une destination secrète pour que personne ne connaisse son secret.

Chapitre 19

L'activité a repris son cours dans la plupart des villes du monde. Cependant, il règne un calme sinistre. Des centaines de places et de parcs font office de recueillement. Des milliers de personnes s'y entassent, déposant des gerbes de fleurs ou des bougies, près des innombrables photos qui ornent les murs et les arbres. Des endroits comme le Champ de Mars à Paris, ou bien Central Park à New York font partie de ces lieux choisis pour honorer la mémoire des enfants disparus.

Suède, forêt d'Hemligstad. Un cercle de lumière d'une intensité extrême jaillit à travers la végétation. Il est si fort qu'un groupe de pêcheurs à proximité des côtes vient de le repérer. Le capitaine du bateau, pense d'abord à une explosion, mais il n'entend aucun bruit. Perplexe il donne l'ordre à son équipage de faire cap vers la côte. En chemin, tous sont témoins des mêmes phénomènes au cœur de la forêt. La lumière est toujours aussi diffuse, créant une atmosphère particulière dans les fjärds arborées. Les pêcheurs se jettent à terre et courent vers cette clarté étrange. Au sommet d'une colline, l'un d'eux s'écroule à genoux. Ses camarades ne comprennent pas ce qui le bouleverse tant. Ils accélèrent le pas pour le rejoindre et se retrouvent face à un miracle. Des milliers d'enfants de tout horizon traversent des cercles de lumières, escortés de soldats. Ils mettent un peu de temps à se rendre compte de ce qu'il se passe. Plus loin, la cabane secrète des cinq adolescents, s'illumine à son tour. Lisbeth a choisi cet endroit comme lieu de retour. Elle prend soin d'y cacher le Molvar en creusant un trou sous les lattes qui composent le plancher. Dans les heures qui suivent, le monde est alerté par cette bonne nouvelle. Des centaines de navires sont affrétés immédiatement sur place afin de rapatrier les enfants rescapés. Cette ville, autrefois si paisible, devient l'attraction de monde.

Dans le village, les enfants retrouvent leurs parents sous les yeux des caméras déjà sur place. Lisbeth rentre enfin chez elle. Il ne semble y avoir personne pour l'accueillir. Elle pousse le portail du jardin et continu vers le pas de la porte. Sa main se pose sur la poignée, elle entre dans une maison sombre. Les rideaux sont tirés, elle voit ses parents prostrés dans le canapé du salon, regardant plusieurs photos d'elle.

— Papa, maman ?

Sanna et Henrik tournent leur tête dans sa direction sans croire ce qu'ils viennent d'entendre. Les deux parents courent vers leur fille pour l'étreindre de tout leur amour. Dans les rues d'Hemligstad, plusieurs militaires sont déjà présents pour accompagner les enfants du village dans leur foyer. On frappe à la porte des Lagerlof. Le père de

Hanna sort, lui aussi émue d'avoir retrouvé sa fille quelques minutes auparavant.

— Monsieur Lagerlof ?

— Oui, c'est moi, répond-il d'une voix tremblante.

Puis il baisse les yeux voyant une petite silhouette bouger près du militaire. La vue de son fils Nils, le met dans tous ses états. C'est le plus beau jour de sa vie, il hurle de bonheur en le serrant dans ses bras, très vite rejoint par le reste de sa famille. Hanna l'embrasse à son tour et murmure à son oreille.

— Je suis si heureuse que tu sois de retour. On ne t'a jamais laissé tomber. Mais tu dois garder le secret.

— Mais je ne me rappelle de rien. Répond Nils en faisant un clin d'œil à sa sœur.

Plusieurs jours durant, hélicoptères, avions et bateaux font leur noria.

Le colonel Savage et son équipe sont soignés sur un porte-avion au large des côtes. Alors qu'ils se reposent un peu, on frappe à la porte de sa chambre.

— Entrez !

Un jeune matelot se tient devant lui l'air joyeux.

— J'ai quelque chose pour vous mon Colonel.

Derrière lui se tient Julie, qui entre dans la chambre précipitamment pour se jeter dans les bras de son père. Les retrouvailles sont émouvantes, le colonel Savage serre sa fille de toutes ses forces.

Les mêmes instants de bonheur sont partagés au fil des jours dans les quatre coins du globe.

Épilogue

Une semaine plus tard, dans un village argentin, un groupe de militaire vient se garer sur la place centrale. Une foule les accueils avec des fleurs et des présents qu'ils ont pris soin de confectionner. À l'arrière du camion, un jeune soldat argentin, tout ému, soulève la bâche. Les enfants descendent un à un pour retrouver leurs parents. L'inquiétude se lit sur le visage de certains qui espère voir leur enfant dans la bousculade. Une mère restée à l'écart, pleure son fils absent. Soudain, un dernier enfant descend du véhicule et la rejoint. Il la regarde sans dire un mot et sourit. Elle continue à pleurer, mais ce sont des larmes de joie. Son fils unique est de retour, elle bénit le ciel de ce cadeau merveilleux et de lui avoir épargné son enfant. Le soir, une grande fête est célébrée, elle se prépare dans la salle de bain, s'habillant de ses plus beaux vêtements.

— Leandro, tu es prêt mon chéri ?

L'enfant de six ans ne répond pas, il attend patiemment au centre de la salle à manger. Sa mère le rappelle, mais il reste immobile et muet. Elle décide alors d'aller voir, vivant toujours dans la crainte qu'on lui enlève une fois de plus. En entrant dans la pièce, elle l'aperçoit figé comme une statue. Au premier coup d'œil, elle est rassurée, mais à bien l'observer, quelque chose ne semble pas aller.

— Ça ne va pas Leandro ?

Le visage de son fils reste de marbre, elle s'avance doucement.

— Leandro ?

Il se met à sourire, mais reste inerte. D'un pas, elle tend ses mains sur son visage et lui caresse les joues.

— Tu dois être choqué de tout ça, je suis désolé. Si tu veux, on peut rester à la maison.

Le garçon ne répond toujours pas. Elle le console, lui serrant le visage contre sa poitrine. De petits bruits viennent perturber ce moment d'intimité entre la mère et son fils. Elle fronce les sourcils sentant le corps de Leandro se rigidifier et grossir. Ses yeux effrayés se baissent sur son enfant, mais il n'est plus là. Elle se retrouve à serrer dans les bras, un saural qui se déploie lentement et l'observe froidement. Avant même qu'elle ait eu le temps de hurler, il se jette à sa gorge et la mort violemment. D'autres comme lui, ont peut-être réussi à prendre l'apparence d'enfants disparus pour traverser notre monde. Leur but est-il de retrouver le Molvar ou bien d'assouvir leur vengeance sur la Terre ?

Table des matières